Es gibt ein Bleiben im Gehen
Ein Gewinnen im Verlieren
Im Ende einen Neuanfang.
(aus Japan)

Anna Maria Luft

Emmis Hoffen und Bangen

Historischer Roman der
Nachkriegsjahre

Handlungen und Namen von Personen sind frei erfunden. Ähnlichkeiten mit lebenden oder verstorbenen Personen sind Zufall.

Die Tatsachen in diesem Roman sind historischer Art.

© 2021 Anna Maria Luft
Umschlag, Illustration: Hans-Joachim Luft
Lektorat, Korrektorat: Autorin

Verlag & Druck: tredition GmbH, Halenreie 40-44, 22359 Hamburg

ISBN
Paperback   978-3-347-41061-9
Hardcover   978-3-347-41062-6
e-Book   978-3-347-41063-3

1

In dem fränkischen Ort Vierhofen, nahe der Porzellanstadt Selb im oberfränkischen Fichtelgebirge, wohnte Emmi Brunner mit ihren beiden Kindern, dem zwölfjährigen Armin und der dreijährigen Monika.

Emmis Mann, der Vater der beiden, war noch nicht aus dem Krieg zurückgekommen, obwohl man bereits das Jahr 1947 schrieb. Emmi erlebte jedoch immer wieder, dass einzelne Kriegsgefangene auch jetzt noch zurückkehrten. Das brachte ihr vorübergehend einen Funken Hoffnung, aber ihr Leben bestand weiterhin aus Bangen und großer Sorge um ihren Mann. Vor allem in den Nächten wurde sie wach und musste an ihn denken. Wo war er nur? Lebte er überhaupt noch? Keiner konnte ihr diese Frage beantworten. Wie oft hatte sie sich an das *Rote Kreuz* und an andere Institutionen gewandt, doch immer ergebnislos.

Auch die Kinder vermissten ihren Vater sehr. Emmi erzog sie in der Hoffnung, er würde wieder nach Hause zurückkehren. Oft nahm sie ihren Nachwuchs tröstend in die Arme und versuchte, ihnen Wärme und Geborgenheit zu geben. Wenn es an der Haustür klingelte, hofften sie alle drei, der Vater sei zu ihnen zurückgekehrt, aber ihre Enttäuschung war jedes Mal groß, weil er es nicht war.

Emmis Heimat war ursprünglich Berlin. Fünf Jahre vor dem Zweiten Weltkrieg hatte sie als Neunzehnjährige Fridolin kennengelernt. Er war

Porzellanmaler in einer Selber Manufaktur und hatte seinerzeit in der Berliner Zweigfirma einen vierwöchigen Malkurs belegt. Der großgewachsene junge Mann mit den pechschwarzen Haaren, den dunklen Augen mit dem freundlichen Blick, war durchaus nicht schüchtern. Als er am *Kudamm* das hübsche Mädchen Emmi mit den blonden langen Haaren vor einem Schaufenster entdeckte, sprach er sie an und lud sie gleich zum *Kranzler*, dem bekanntesten Berliner Café, ein. Erst überlegte sie, ob sie seine Einladung annehmen sollte. Doch dann sagte sie: „Danke, nett von Ihnen. Ich komme gerne mit."

Bei Kaffee und Kuchen hatten sie sich einiges aus ihrem Leben zu erzählen. In den nächsten Tagen trafen sie sich täglich und verliebten sich ineinander. Eines Tages fragte er sie: „Emmi, willst du meine Frau werden und mit mir in meine fränkische Heimat ziehen?"

Er hatte nicht lange auf eine Antwort warten müssen. „Ja, das möchte ich gerne, deine Frau werden", hauchte sie und ließ sich von Fridolin küssen. Aber gleich fiel ihr ein, dass sie noch nicht volljährig war und nicht selbst über ihr weiteres Leben entscheiden konnte. „Ich muss erst meine Eltern um Erlaubnis bitten. Ich bin noch keine 21 Jahre und darf noch nicht über mich selbst bestimmen", hatte sie ihm erklärt. Er hatte genickt und gemeint, er würde um ihre Hand anhalten, und er hoffe, ihre Eltern würden *ja* sagen.

„Das hoffe ich auch", hatte sie vernehmen lassen.

Nachdem Fridolin bei ihren Eltern seine Bitte vorgetragen hatte, waren sie über seine Frage so konsterniert, dass sie ihn ohne eine Antwort wieder wegschickten. Emmi hatte nun selbst versucht, mit ihnen zu reden.

Der Vater sagte: „Was fällt dir ein, Emmi. Du wirst diesen Mann nicht heiraten, verstanden? Wir haben das zu entscheiden, denn du bist noch nicht volljährig und viel zu jung für eine Ehe. Vielleicht würdest du eines Tages bereuen, ihn geheiratet zu haben. Was dann? Dann bist du weit weg von uns."

„Wir lieben uns doch, Papa. Habt ihr euch nicht auch geliebt und geheiratet? Wie alt war damals Mama?"

„Spielt das jetzt eine Rolle?"

„Ja. Also, wie alt war Mama damals?"

„Sie war zwanzig."

„Nur ein halbes Jahr älter als ich es jetzt bin. Ich werde in vier Monaten auch zwanzig."

„Aber wir haben etwas gegen deinen Plan. Und jetzt bist du sofort still und erklärst deinem Liebhaber, dass nichts daraus wird."

Emmi verzog das Gesicht. Sie atmete hastig aus und ein. Dann murmelte sie: „Ich werde ihn doch heiraten, meinen Fridolin."

„Du kennst ihn ja nicht einmal genügend."

„Doch, ich kenne ihn gut. Und ihr werdet mein Leben nicht zerstören. Ich bin alt genug, um zu wissen, was ich tun möchte."

„Du zerstörst dir dein Leben selbst, wenn du heiratest und von Berlin fortziehst. Du hast dir das nicht genug überlegt. Lass dir damit doch Zeit. Emmi, der Sohn vom Rechtsanwalt Radke, der Bruno, hat schon lange ein Auge auf dich geworfen. Das wäre ein Mann für dich, ein sehr intelligenter, dir gleichgestellt. Er hat auch erst wie du das Abitur gemacht. Was ist mit deinen Vorstellungen, die du nach dem Abitur verwirklichen wolltest? Willst du deine Pläne verwerfen?"

Emmi verzog nur das Gesicht und antwortete nicht auf diese Frage. Stattdessen sagte sie: „Ein Angeber ist der Bruno. Er ist mir sehr unsympathisch. Ich will nichts mit ihm zu tun haben. Meinst du etwa, es kommt im Leben nur auf das Abitur an?"

„Nein, so habe ich es auch nicht gemeint. Wir müssen erst einmal mit Mama reden. Sie wird gleich da sein."

Lisa, die Mutter, war in wenigen Minuten vom Einkaufen zurückgekommen. Als sie von ihrem Mann erfuhr, was die Tochter vorhabe, gab sie sich ebenso entsetzt wie er. Sie begann zu toben, was sich Emmi erlaube, gegen den Willen ihrer Eltern einen Mann zu heiraten, obwohl sie noch nicht einmal volljährig sei.

Emmi hatte den Kopf geschüttelt: „Und hast du nicht auch Papa geheiratet, weil du ihn geliebt hast?"

„Ich habe doch Zeit genug gehabt, mir das genau zu überlegen. Aber du konntest dir doch noch keine Gedanken über alles machen, weil euch die Zeit dazu gefehlt hat. Warum musst du unbedingt diesen Bayern heiraten und dein geliebtes Berlin verlassen?"

„Weil ich Fridolin mehr als meine Heimat liebe. Warum wollt ihr das nicht kapieren?"

Konsterniert über Emmis schnippische Art, rief sie: „Dieses Benehmen hast du also schon von diesem bayrischen Jüngling übernommen."

Lange noch stritten die Eltern mit ihrer Tochter weiter, bis der Vater und die Mutter zu dem Schluss kamen, ihr Einverständnis zu dieser Ehe abzugeben. Der Vater sagte: „Emmi, du wirst das selbst ausbaden müssen, was du dir einbrockst, wenn du fortgehst und Fridolin heiratest. Versuche aber nicht, reumütig zurückzukehren."

Diese Worte waren hart für Emmi. Dennoch zog sie eine Woche später mit Fridolin nach Vierhofen. Sie wollte mit diesem Mann für immer zusammen sein.

So ließen sie sich bald in dem kleinen Kirchlein in Vierhofen trauen.

Mit ihrem Schwiegervater Johannes verstand sich Emmi prächtig. Sie hatte das Gefühl, er war froh, dass sein Sohn eine Frau gefunden hatte, die ihn glücklich machen konnte. Die Mutter Fridolins war schon lange tot. Noch jung war sie bereits aus dem Leben gerissen worden. Die Krankheit Krebs nahm keine Rücksicht darauf, ob ein Mensch jung oder alt war.

Emmi stellte bald in ihrer neuen Heimat fest, dass sie nicht bereute, von daheim weggegangen zu sein, weil sie sehr glücklich war. Sie versuchte jedoch, mit ihren Eltern in Verbindung zu bleiben. Leicht war das nicht. Sie gaben nur selten eine Antwort auf die Zeilen ihrer Tochter. Dabei hielten sie ihre Gefühle vollkommen zurück.

Nach einem Jahr bekamen Emmi und Fridolin einen Sohn. Das schmiedete die beiden Eheleute noch fester zusammen. Auch dieses freudige Ereignis teilte Emmi ihren Eltern mit. Ihre Antwort darauf fiel kühl aus. So hatte Emmi das Empfinden, dass es sie nicht weiter berührte, jetzt einen Enkel zu haben.

Im Jahr 1940 war Fridolin zum Entsetzen seiner Frau und seines Vaters in den Krieg eingezogen worden. Traurigen Herzens hatte er Abschied von seiner Familie genommen. Seinen kleinen Sohn hatte er noch einmal zärtlich an seine Brust gedrückt, seine Frau leidenschaftlich geküsst. Seinen Vater, der ihm auf die Stirne ein Aschekreuz gezeichnet hatte, nahm er in die Arme und meinte, dass der Krieg sicher nicht lange dauern könne und er bald wieder daheim sein würde. „Gott behüte dich, mein Sohn", flüsterte ihm der Vater zu. Emmi fing heftig an zu weinen. Schwiegervater Johannes versuchte sie zu trösten, aber es konnte ihm nicht gelingen, zumal er selbst Trauer in seinem Herzen trug. Beide winkten sie Fridolin nach, bis er ihren Blicken vollkommen entschwunden war.

Drei Jahre später, 1943, hatte Fridolin einen Heimaturlaub erhalten, da seine Kompanie verlegt werden musste. Sein Vater war bereits 1942 verstorben und konnte die vorübergehende Heimkehr seines Sohnes nicht mehr erleben.

Emmi hätte am liebsten Fridolin nicht mehr fortgehen lassen wollen, so sehr gewöhnte sie sich wieder an das Eheglück. In dieser Zeit wurde ein kleines Mädchen gezeugt, das 1944 geboren wurde. Sie ließen es auf den Namen *Monika* taufen. Auch dieses Ereignis schrieb die Tochter ihren Eltern. Darauf bekam Emmi nicht einmal eine Antwort. Darüber wurde sie tieftraurig.

Anfang 1945 schickte Cousine Margarete aus Berlin an Emmi eine sehr schmerzhafte Nachricht. Sie teilte ihr mit, dass ihr Vater und ihre Mutter im Keller der Nachbarn bei einem Fliegerangriff verschüttet worden waren und dabei erstickten. Emmi war darüber sehr betrübt. Sie fühlte sich schuldig, weil sie ihre Eltern damals verlassen hatte. Tagelang weinte sie. Etwas Trost spendete ihr die Nachbarin Maria, mit der sie sich schon einige Zeit angefreundet hatte.

2

Heute trippelte Armin am frühen Vormittag die Treppe hinunter, um hinter dem frei stehenden Haus im Hühnerstall nach Eiern zu suchen.

Das Federvieh war so laut, dass er sich die Ohren zuhalten musste. Plötzlich war ein Huhn so aufgeregt, dass es über sein Haar flatterte. Der Junge befürchtete, es würde sich, wie schon einmal, darin verfangen. Doch das passierte diesmal nicht.

Armin entdeckte kein einziges Ei. Sollte das Federvieh keine gelegt haben? Leicht ärgerlich rief er: „Seid endlich still! Habt ihr denn heute keine Eier gelegt?"

Auch während er weiter suchte, beruhigten sich die Hühner nicht. Bald kam ihm die Idee, im Schuppen nebenan nachzusehen. Es war schon öfter vorgekommen, dass sie hier ihr Gelege versteckt hatten.

Tatsächlich fand Armin zwischen dem rostigen Werkzeug, das sein Opa hinterlassen hatte, drei Eier. Eines davon war bereits zerbrochen und lief aus.

Dieser Schuppen hatte einst Johannes Brunner, Armins und Monikas Opa, gehört.

Nachdem der Junge fündig geworden war, stieg er wieder nach oben, um den Herd anzufeuern. Das Holz reichte gerade noch, um eine Mahlzeit zubereiten zu können. Es kamen ein paar Schinkenstücke in die Eierspeise hinein, worum ihn alle Welt beneidete. Es schmeckte wundervoll. Leider ging das Geräucherte allmählich zur Neige. Armin hatte es von einem Bauern für seine Mithilfe bei der Heuernte erhalten.

Er schnitt vom Brotlaib ein paar Scheiben ab. Die Stücke durften nicht zu dick ausfallen. Darauf bestand seine Mutter. Brot war zu dieser Zeit eines der wichtigsten und verhältnismäßig teuersten Nahrungsmittel. Es musste also gut eingeteilt werden. Emmi achtete stets darauf, dass sparsam damit umgegangen wurde. Eine Scheibe Brot war sehr kostbar, besonders für Flüchtlinge und Heimatvertriebene.

Es gab zu dieser Zeit viele Menschen, die jeden Tag Gott darum baten. Sie beteten: *Herr, gib uns unser tägliches Brot.*

Armin hatte seit einigen Tagen von seiner Mutter die Aufgabe übernommen, täglich das Frühstück zuzubereiten. Damit konnte er sie entlasten, da sie sich bereits in der Früh um seine kleine Schwester Monika kümmern musste.

Heute, als Emmi mit der Kleinen zur Tür hereinkam, entdeckte sie sofort auf ihrem Teller die von Armin zubereitete Eierspeise. „Danke, Armin, das hast du wieder gut gemacht", lobte sie. Ehe sie zu essen begann, bereitete sie rasch für Monika einen Brei aus Trockenmilch und Mehl zu. In einer Schublade befand sich sogar noch ein winziger Restbestand an Zucker. Davon streute sie etwas auf die Speise. Danach brühte sie Malzkaffee auf. Die Kinder waren damit zufrieden. Sie selbst jedoch hätte gerne Bohnenkaffee getrunken, und wenn es nur eine einzige Tasse gewesen wäre, aber wovon sollte sie ihn bezahlen? Sie verdiente in der Firma nicht genug, um sich Besonderheiten leisten zu können.

Sie litt immer noch sehr darunter, dass ihre Eltern verstorben waren, vor allem einen so schlimmen Tod erlitten hatten. Immer öfter dachte sie an sie. Wie weh ihr das jetzt tat, dass sie zu ihnen in deren letzten Lebensjahren nicht wieder die innige Beziehung von früher herstellen hatte können.

Auch dachte sie oft an ihren Mann, der jetzt, 1947, immer noch nicht heimgekehrt war. Sie überlegte, ob Fridolin womöglich in russischer Gefangenschaft sein würde. Die Sowjets weigerten sich jedoch, die Namen der in Gewahrsam befindlichen Personen bekannt zu geben.

Einmal hatte Emmi erfahren, dass man sogar Soldaten nach Amerika verschleppt hatte. Auch die Namen dieser Männer waren unbekannt.

Rita Reusner, Emmis Nachbarin im übernächsten Haus, wartete auf ihren Mann und verlor allmählich den Glauben daran, dass ihr Günter noch am Leben war. So suchte sie das Standesamt auf, um ihn für tot erklären zu lassen. Damit erhoffte sie sich eine Hinterbliebenenrente, denn das bisschen Geld, das sie von der Gemeinde erhielt, reichte nicht zum Ernähren ihrer drei Kinder. Man erklärte ihr jedoch, sie müsse noch eine längere Zeit warten, weil es sein könne, dass ihr Mann doch noch heimkehre. Das wünschte sich Frau Reusner selbst auch. Sie fand bald eine Putzstelle und kam mit dem zusätzlich verdienten Geld so einigermaßen über die Runden. Zumindest konnten sich ihre Kinder wieder satt essen.

Bald darauf kehrte Ritas Mann zurück. Er war in französischer Gefangenschaft gewesen. Oh, welche Freude! Die Reusners wurden wieder eine glückliche Familie.

Von den zwei Soldaten, die 1947 auch wieder heimkehrten, war einer aus Russland gekommen. Emmi gelang es, mit ihm zu reden. Der Heimkehrer sprach von fürchterlichen Misshandlungen. Er war der Auffassung, die deutschen Soldaten müssten hemmungslos für die Verbrechen Hitlers büßen. Viele Soldaten kostete die schlimme Behandlung der Russen das Leben. Die Lagerkommandanten hatten der Zivilbevölkerung verboten, die Kriegsgefangenen mit Lebensmitteln zu unterstützen. Eher ließen sie sie verhungern. Auch wurden viele Soldaten erschossen.

Der andere Heimkehrer hatte sein linkes Bein verloren. Zu Emmis Fragen schwieg er hartnäckig. Sie konnte verstehen, dass ihm nicht nach Reden zumute war. Sie nahm sich vor, dies ein andermal zu versuchen.

Man hatte erfahren, dass Hitler am 30.4.1945 im Bunker der Berliner Reichskanzlei selbst seinem Leben ein Ende gesetzt hatte. In den Jahren vorher waren alle Pläne der Widerstandsbewegung zu seiner Beseitigung gescheitert. Seinen Maßnahmen zur „Endlösung der Judenfrage" in den Konzentrationslagern und seiner Rassenpolitik fielen Millionen Menschen zum Opfer.

Heute saß Emmi mit ihren Kindern länger als sonst beim Frühstück. Armin wollte von seiner Mutter etwas über Adolf Hitler wissen. Emmi rümpfte die Nase, ehe sie begann: „Diesem Scheusal haben wir den grausamen Krieg zu verdanken. Er wollte beinahe die ganze Welt besiegen. Alle Juden ließ er in den Konzentrationslagern umbringen. Und auch noch viele andere Menschen…"

Emmi wollte weiter berichten, doch Armin meinte, er müsse gleich zur Schule gehen, aber sie könnten am Abend noch einmal darüber reden. Er war sich sicher, dass seine strenge Lehrerin, Fräulein Keller, keine Verspätung dulde.

„Mit dem Rad bist du doch schnell hingefahren", sagte die Mutter. „Und mach dir bitte noch ein Pausenbrot zurecht. Ich habe gestern 100 Gramm Mettwurst gekauft. Davon kannst du dir etwa die Hälfte aufstreichen."

Armin lächelte. „Prima Mutti, danke."

Emmi war großzügig, dennoch sparsam. Sie konnte ihre Nahrungsmittel gut einteilen. Die andere Hälfte Wurst wurde noch für den Abend benötigt. Die Mutter strich dick Margarine auf die Brote, dann kam eine dünne Schicht Mettwurst darauf. Zum Trinken reichte sie Pfefferminztee oder einen Tee aus Lindenblüten. Beides hatten die Kinder bereits über, aber sie tranken das Angebotene dennoch. Ansonsten hätten sie ihren Durst an der Wasserleitung löschen müssen. Die Kinder taten dies bereits öfter an den Nachmittagen.

Nun machte sich Armin bereit, mit dem Rad zur Schule zu fahren. Als er zu seinem Fahrrad kam, das er am Tag vorher an die Hauswand gelehnt hatte, wurde er darüber ärgerlich, dass abermals die Luft aus dem Reifen gelassen worden war. Erneut hielt er Karli für den Übeltäter. Einmal hatte er ihn bereits dabei ertappt.

Der Flüchtlingsjunge Karli schien ihm das Fahrrad zu missgönnen. Er war vor einem Jahr mit seiner Mutter und seinem großen Bruder aus dem Sudetenland vertrieben worden und auf Umwegen in Vierhofen angekommen. Sein Vater hatte seine Angehörigen gesucht, wobei ihm das *Rote Kreuz* geholfen hatte. So war die Familie wieder vereint.

Armin fehlte jetzt die Zeit, sein Rad wieder fahrbereit zu machen. Es war nicht sein eigenes, sondern das alte, eiserne Fahrrad seiner Mutter. Vorher hatte es seinem Opa gehört. Das Rad war schwer und ließ sich nicht gut lenken. Trotzdem war Armin glücklich, es benutzen zu dürfen. Jetzt ließ er es stehen und ging zu Fuß. Warum auch nicht? Alle anderen Schüler und Schülerinnen, bis auf ein paar Ausnahmen, taten dies täglich, weil sie über kein Fahrrad verfügten. Selbst Otto, dessen Eltern einen großen Bauernhof bei Wiesenbrunn besaßen, hatte täglich etwa 40 Minuten Schulweg und das auch bei Kälte und Schnee. Armin benötigte zu Fuß fünfzehn, mit dem Fahrrad nur acht Minuten.

Heute traf er bei der nächsten Kreuzung seinen Freund Herrmann. Er war zwei Jahre älter und besuchte eine Klasse über ihm. Ihm erzählte er sein Malheur. „Karli hat wieder einmal die Luft aus meinem Rad gelassen. Er will mich unbedingt schädigen, weil er neidisch ist. Ich weiß mit Sicherheit, dass er es war."

Im nächsten Moment ärgerte sich Armin über seinen Freund, der eine Grimasse zog und entgegnete: „Wundert dich, dass er so ist? Er hat seine Heimat verloren und er hat mit seiner Familie nur ein einziges Zimmer zum Wohnen, Schlafen, Essen und Kochen. Das hält doch keine Sau aus, vier Personen in einer Stube. Und ihr habt ein ganzes Haus."

Armin entgegnete ärgerlich: „Aber wir haben kein Geld, es richten zu lassen. Das müsste dringend sein. Der Putz fällt von den Wänden und von der Decke. – Bist du mir etwa auch neidisch?"

„Nein! Wir haben Glück gehabt. Unsere Verwandten haben uns die Hälfte des Hauses zur Verfügung gestellt. Stell dir vor, mein Vater will mir ein Rad basteln. Er hat schon fast alle Teile zusammen. Bald fängt er damit an."

Armin lächelte. „Prima! Schön, dass du einen Vater hast. Meiner kommt nicht mehr vom Krieg zurück."

„Weiß man das? Er könnte ja in Kriegsgefangenschaft sein. Der Ludwig Maier ist auch wieder heimgekommen."

Armin zuckte mit den Schultern. Er glaubte nicht mehr an die Rückkehr seines Vaters, seine Mutter auch nicht mehr. Wenn sie abends handarbeitete, beobachtete er oft, dass Tränen über ihre Wangen tropften. Er wusste, dass sie manchmal auch heimlich in ihrem Schlafzimmer weinte. Emmi strickte für den kommenden Winter Socken für ihren Mann, von dem sie nicht wusste, ob er noch zurückkehren würde. Für Armin fertigte sie ebenfalls welche an, für die kleine Monika Strümpfchen und einen Pulli. Da die Wolle sehr teuer war, trennte sie viele gestrickte Kleidungsstücke, die nicht mehr gebraucht wurden, auf.

Langsam ging Armin mit seinem Freund weiter, bis Herrmann abrupt stehenblieb. „Mir ist was eingefallen", verkündete er.

Armin blickte seinen Freund neugierig an. Herrmann hatte meistens sehr gute Ideen. „Und was?"

„Ihr habt doch hinter eurem Haus eine Wiese. Wir haben dort schon öfter Ball gespielt. Könntest du das mit Karli auch mal machen? Er würde sich darüber sehr freuen."

Armin blickte böse. „Bist du deppert? Er lässt die Luft aus meinem Rad und ich soll ihn einladen? Außerdem mag er mich nicht."

„Ob er dich mag, kannst du erst feststellen, wenn er bei dir gewesen ist. Karli ist nicht ohne."

Armin ballte heimlich die Fäuste in seiner Hosentasche. „Meinetwegen kann er dein Freund sein."

Herrmann durchschaute ihn. „Sei nicht eifersüchtig. Wir bleiben doch auch Freunde."

Armin zweifelte daran. „Stimmt das wirklich?"

„Ja. Armin, du bist nett, aber dir fehlt das Mitleid mit uns Flüchtlingen. Ich bin auch einer von ihnen."

Vorerst schwieg der Freund, worauf Herrmann sagte: „Du machst ein Gesicht, als hättest du Spinnen gefressen."

„Glaubst du etwa, dass uns Einheimischen alles in den Schoß fällt?"

„Na ja! Von deinem Frühstück mit Eiern und Speck hast du mir doch erzählt. Ihr lebt ja wie die Made im Speck."

„Jetzt reicht's mir aber", schrie Armin wütend. „Ich hab von einem Bauern etwas Speck gekriegt, weil ich bei ihm gearbeitet hab. Irgendwann haben wir nichts mehr davon."

„Karli und seine Familie haben ein CARE-Paket gekriegt. Sie sind wirklich arm und brauchen das."

Armin hatte noch nie etwas von einem CARE-Paket gehört. Deshalb erkundigte er sich: „Was ist denn das, ein CARE-Paket?"

„Die Amis schicken sie an arme Deutsche."

„Sag mal, Herrmann, was ist in so einem Paket drinnen?"

„Gute Sachen: Frühstücksfleisch, Rindfleisch, Zucker, Mehl, Trockenobst, Schokolade und Kaffee. Aber jetzt muss der Karli mit seiner Familie wieder hungern, weil alles aufgegessen ist."

„Herrmann, wohin muss ich mich wenden, um so ein Paket zu kriegen?", wollte Armin wissen.

Der Freund gab sich entsetzt. „Du? Du willst ein Paket haben? Lass es lieber den Armen. Ihr haut euch ein Ei in die Pfanne, holt Tomaten und Salat aus dem Garten und ...."

„Sei still", unterbrach Armin ihn. „Auch wenn du es mir nicht glaubst, wir hungern trotzdem. – Du tust so, als wärest du der Präsident der Heimatvertriebenen und Flüchtlinge. – Jetzt habe ich nur noch eine Frage: Kommst du heute Nachmittag oder nicht?"

„Meine Antwort kennst du. Wenn Karli nicht mitkommen darf, komme ich auch nicht."

Wütend erwiderte Armin: „Dann lass es bleiben, du dummer Esel, du dummer!"

„Der Esel bist du, Armin. Karli ist ein wirklicher Kumpel. Er macht alles mit. Stell dir mal vor: Wir sind zusammen auf einen Zug gestiegen und haben Kohlen geklaut. Sonst wären wir daheim erfroren."

Armin blickte Herrmann ungläubig an. „Das ist doch nicht wahr, was du sagst. Du willst nur angeben. – Oder seid ihr wirklich Kohlendiebe?"

„Das waren wir."

„Weißt du nicht, dass es Brennstoffmarken gibt?"

„Brennstoffmarken? Bist du so naiv? Der Brennstoff reicht nicht für alle aus. Wir Armen kriegen ohnehin nichts. Jetzt kommt bald der Winter. Hoffentlich müssen wir nicht in der Schule und daheim frieren. Die Krankenhäuser werden bevorzugt, sagt mein Papa."

„Ist ja auch richtig so. Wir sammeln im Wald Holz. Wir holen uns Reisig und dürre Äste."

Herrmann fragte seinen Freund: „Hast du schon mal was von Kahlschlag gehört?"

„Ja, aber wir sägen doch keine Bäume ab. Ich möchte jetzt endlich wissen: Kommst du heute?"

„Nein! Wie oft muss ich das noch sagen? Ohne Karli komme ich nicht."

Armin biss sich auf die Lippen: „Dann geh hin, wo der Pfeffer wächst. Bist du mein Freund oder nicht?"

„Bald nicht mehr."

Armin erzählte am Abend den Vorfall seiner Mutter. Sie meinte dazu: „Lass Karli doch mal zusammen mit Herrmann kommen."

„Nein, Karli hat die Luft aus meinem Rad gelassen."

„Er ist verbittert, weil er selbst kein Rad hat."

„Aber er muss mich deshalb nicht schädigen."

„Stimmt! Trotzdem könntest du ihn mit deinem Rad fahren lassen."

Armin war verblüfft. „Mama, meinst du das im Ernst? Er macht mir das Rad kaputt."

„Iwo! Dieses Rad ist sehr, sehr stabil."

Armin war enttäuscht von seiner Mutter. Er hatte sich gewünscht, sie würde seine Meinung vertreten.

Am nächsten Tag trafen Armin und Karli beim Werken zusammen. Sie saßen nahe beieinander. Karli suchte Armins Blick, um ihn anlächeln zu können. Er hatte sich vorgenommen, sich bei seinem Schulkameraden zu entschuldigen, aber da dieser so unfreundlich blickte, hatte er keinen Mut mehr dazu.

Armin dachte: Was für ein falscher Hund. Er tut so, als wenn nichts gewesen wäre und lächelt mich frech an. Mit ihm soll ich Mitleid haben? Was denken sich Herrmann und meine Mutter dabei, mir solche Vorschläge zu machen?

Die Hühner legten keine Eier mehr, weil Emmi das Hühnerfutter ausgegangen war. Für ihre Kinder war das Frühstück eine fürchterliche Enttäuschung, weil es nur noch Margarinebrot zu essen gab.

Armin suchte für das Federvieh Regenwürmer. Dies jedoch war nur ein kleiner Leckerbissen.

Emmi kam die Idee, bei einem Landwirt in Wiesenbrunn nach Körnern zu fragen. Sie nahm zu einem eventuellen Tausch das Porzellan mit, das sie noch von den Berliner Tagen besaß. Es waren vier bunt bemalte Suppentassen mit Untertassen. Der Landwirt gab Emmi gerne für das Porzellan einen Sack Körner. Seine Frau freute sich über das schöne Geschirr.

Die Hühner legten auch wieder Eier, nachdem sie genügend zu fressen hatten.

Überall nahm der Hunger zu. Jeder vermisste etwas, vor allem Brot, Butter, Fleisch, Mehl, Wurst, Zucker, Milch, auch Eier und Schokolade. Aus der Not ergaben sich viele Tauschgeschäfte.

Zwei Mädchen kamen in das Haus der Brunners. Emmi öffnete ihnen die Tür und fragte: „Was wollt ihr?"

Die eine von ihnen sagte: „Eine Scheibe Brot für jede, möglichst ein Butterbrot."

„Fällt euch nichts Besseres ein? Wir haben weder Brot noch Butter zum Verschenken."

Traurig entfernten sich die beiden jungen Frauen wieder. Emmi sah lange danach noch ihre enttäuschten Gesichter vor sich.

Sie dachte an ihr Zuhause in Berlin. Dort hatte sie alles in Hülle und Fülle gehabt. Es war noch vor dem Krieg gewesen. Jetzt hatte sie nicht einmal eine Scheibe Brot für Hungernde, ja, nicht einmal für die eigene Familie hatte sie genügend zu essen. Wie sollte das weitergehen? Wäre Fridolin dagewesen, hätte er bestimmt einen Rat für die Familie gehabt.

Auch Armin war nachdenklich gestimmt. In erster Linie überlegte er jetzt, ob er den Vorschlag seiner Mutter aufgreifen und Karli doch einmal Rad fahren lassen sollte? Als er es seinem Kameraden anbot, erwiderte dieser, dass er nie Radfahren gelernt habe.

„Kein Problem. Ich kann es dir doch leicht beibringen", schlug Armin vor.

„Das willst du wirklich tun?"

„Warum nicht? Abgemacht, also heute Nachmittag kommst du zu mir."

„Gern! Ich möchte mich auch dafür entschuldigen, dass ich bei deinem Rad zweimal die Luft herausgelassen hab. Ich tu es nie wieder."

Am Nachmittag erschien Karli bei den Brunners. Das Werken in der Schule fiel aus. Das kam öfter vor, weil der Lehrer im Krieg ein Bein verloren hatte und sich nicht immer wohlfühlte.

Armin ließ jetzt seinen Kameraden aufs Rad steigen und hielt ihn hinten am Gepäckträger fest. Langsam fuhr Karli los und wurde auf einmal schneller, sodass Armin nicht mehr mitkam. „Stopp, Karli, du musst langsam fahren. Ich kann dich sonst nicht halten."

Karli zügelte jetzt sein Tempo, aber er fuhr im Zickzack weiter, sodass das Rad wackelte. Armin befürchtete, dass er herunterfallen könnte. Karli klagte, das Radfahren sei viel zu schwer für ihn. Er wolle nicht weitermachen.

„Doch, das musst du unbedingt. Wenn du es kannst, darfst du öfter mit meinem Rad fahren."

Das war ein großes Versprechen. Karli machte weiter und Armin hielt ihn wieder am Gepäckträger fest. Er glaubte schließlich, er könne loslassen, weil es aussah, als käme sein Kamerad ohne gehalten zu werden, zurecht. Aber leider vergaß Karli plötzlich das Lenken und fuhr in den Zaun von Brunners Nachbarn, dem Ehepaar König. Karli wollte schnell weglaufen, aber Armin hielt ihn fest:

„Ehrensache, Karli, dass wir uns entschuldigen. Du hast hierzubleiben." Also blieb Karli.

Frau König kam herausgerannt. Sie reagierte gutmütig, als sie den Zwischenfall entdeckte. Sie schimpfte nicht und meinte: „Man kann es reparieren." Aber sie hatte die Rechnung ohne den Wirt, ohne ihren Mann, gemacht. Er kam gerannt, mit einem Prügel in der Hand, und tobte nach fränkischer Art: „Ihr Lausbuben, ihr damischen. Jetzt habt ihr meinen Zaun kaputt gemacht. Das kostet euer Taschengeld." Er legte den Stock weg, denn zuschlagen wollte er doch nicht. „Also, wo bleibt das Geld?", rief er ärgerlich. Die beiden Buben sahen ihn sonderbar an. „Wir haben kein Taschengeld", behauptete Armin. Er fasste in seine Hosentasche. „Ah, a Fünferla hab ich. Das können Sie haben." „Du spinnst wohl. Behalt deinen Groschen. Ich will das Rad haben." Als Karli das hörte, fuhr er geistesgegenwärtig mit dem Rad fort. Ein paar Meter weiter fiel er herunter. Dann schob er es weiter und dachte: Wenigstens ist das Rad in Sicherheit. Er wartete auf Armin, der schweißgebadet angelaufen kam. „Er verlangt, dass wir ihm morgen nach der Schule helfen, den Zaun wieder zu richten. Sonst verlangt er von unseren Eltern Geld." „Was? Der spinnt wohl. Wir haben doch kein Geld. Unsere Eltern auch nicht." „Also helfen wir. Abgemacht?" „Abgemacht", entgegnete Karli. Ihm war die Lust zum Radfahren längst vergangen, aber Armin bestand darauf, dass er „bis zur Fahrprüfung" weitermachte. „Fahrprüfung?", wunderte sich der Freund. „Von wem werde ich geprüft?" „Von wem schon, von mir natürlich. Ich bin dein Fahrlehrer und auch dein Prüfer." „Wenn ich die Prüfung nicht bestehe, was dann?" „Dann übst du weiter."

Karli seufzte. „Na, du bist mir einer. Du verlangst viel von mir."

„Dafür kannst du hinterher mit meinem Rad fahren, sooft du willst."

Armin bat ihn dann, sich bei diesem schönen Wetter mit ihm auf die Liegestühle auf der Wiese zu legen, um noch ein bisschen zu plaudern. Es würde für jeden ein Glas Limo geben, um den Durst zu löschen, versprach er. Karli liebte Limo. Während sie beide auf der Liege saßen, bekam Karli Lust, von dem Tag zu erzählen, an dem er mit seinen Eltern und seinem Bruder die Heimat verlassen hatte. „Wir wurden in Viehwaggons befördert. Als ich aufs Klo gehen musste, wurde mir ein Eimer, der schon halb voll war, vor die Nase gestellt, die ich schnell zugehalten habe, weil der Inhalt so fürchterlich gestunken hat. Ich habe mich erbrochen. Dann ging es oben und unten aus mir raus. Einer, so in meinem Alter, hat nicht aufgehört zu lachen. Ich habe zu ihm gesagt: Komm her, ich tauche dich in diese Soße ein. Dann weißt du, wie das ist." Armin sah Karli erstaunt an. „Das hast du wirklich gesagt? Oder erzählst du mir Märchen?" „Das habe ich wirklich gesagt. Dieser Junge war plötzlich verschwunden. In den nächsten Tagen bin ich ihm im Bamberger Flüchtlingslager wieder begegnet. Diesmal haben wir über diese ganze Geschichte lachen müssen."

Armin hatte sich inzwischen etwas ausgedacht. „Wenn du deine Prüfung geschafft hast, laden wir auch den Herrmann und den Manfred zum Feiern ein." „Oh ja, das machen wir. Hast du auch genügend zu trinken und zu essen, Armin?" „Meine Mama gibt uns schon was", versprach er.

Viele Schulkameraden wollten künftig mit Armin Ball spielen und hinterher Limo trinken. Emmi kaufte zehn Päckchen Brause ein und mischte selbst das Limo. So konnte sie sparen.

An einem Nachmittag schickte Emmi ihren Sohn zum Bäcker, um Brot zu holen. Als er wieder aus dem Laden herauskam, traf er Manfred, der ihn bat, für ihn ein Stückchen Brot von seinem Laib abzubrechen. „Kommt nicht in Frage. Wie sieht denn das aus?" „Ist doch egal, wie es aussieht. Ich habe großen Hunger. Zählt das nicht?" Erst stand Armin stumm und etwas hilflos da. Ihm fiel plötzlich ein, dass Herrmann ihm vorgeworfen hatte, kein Mitleid zu haben. War er wirklich so geizig, wie dieser glaubte? Dann sollte sich das ändern.

„Wo gehst du denn hin, Armin?", wollte Manfred wissen, als dieser noch einmal in den Bäckerladen ging.

„Ich habe etwas vergessen."

Manfred wartete, bis sein Schulkamerad wieder herauskam. Er erhielt von Armin eine mit Gebäck gefüllte Tüte. „Hier, Manfred, ich habe dir vier altbackene Weckla besorgt. Da könntet ihr euch heut Abend was drauf streichen."

Manfred gab sich freudig überrascht. „Das ist ja nett von dir. Jetzt darfst du auch meinen Käfig sehen, den ich selbst gebaut hab", versprach er. „Zu meinem Geburtstag krieg ich nämlich einen Hasen."

„Einen Hasen könnte ich mir zu meinem Geburtstag auch wünschen. Aber wenn er geschlachtet wird, ist der Käfig doch wieder leer."

Manfred blickte ihn seltsam an. „Meiner nicht, du Dummerjan. Mein Hase wird nicht geschlachtet. Ich ziehe ihn auf. Wenn er alt ist, stirbt er von selber."

„Aber wenn ihr doch nichts zu essen habt, wäre ein Hasenbraten genau das Richtige."

„Dann holen wir wieder Äpfel von den Bäumen. Meine Mama macht ein Kompott daraus. Und einen Grießbrei dazu."

„Woher habt ihr den Grieß?"

„Meine Mama hat dem neuen Lebensmittelhändler beim Einrichten geholfen."

„Hat sie auch Milch für den Grieß?"

„Klar hat sie Milch."

„Und woher?"

„Die Kühe liefern sowas."

„Aber ihr habt doch keine Kuh zum Melken."

„Meine Mama kann melken. Mein Opa hatte eine Landwirtschaft. Wenn sie jetzt nachts in einen Stall geht, zieht sie sich was über den Kopf und über das Gesicht, damit sie keiner erkennen kann. –Nicht weitersagen. Du bist doch mein Freund."

„Ich werde ganz sicher meinen Mund halten."

„Armin, komm doch heute Nachmittag zu uns."

„Und deinen Eltern ist das recht?"

„Klar! Die haben nichts dagegen."

„Kann ich in einer Stunde kommen? Ich möchte auch so einen Käfig basteln und sehen, wie du es gemacht hast."

„Kannst du. Was ich dir noch erzählen wollte: Mein Papa fährt morgen ins Rheinland und arbeitet in einem Kohlenbergwerk. Viele Flüchtlinge werden dort arbeiten. Dort kann man viel Geld verdienen. Er sagt, er wird immer schwarz aus dem Loch herauskommen."

Armin lachte. „Dann kann er ja zum Fasching den Teufel spielen."

Manfred verzog sein Gesicht. Ärgerlich sagte er: „Lass diese dummen Scherze."

„Sei nicht so empfindlich!- Weißt du, was *ich* mir zum Geburtstag wünsche?"

„Ja, auch einen Hasen, hast du ja gesagt."

„Hm! Aber als Erstes wünsch ich mir, dass mein Papa wieder zurückkommt."

„Ich weiß, ohne Papa ist das kein Leben."

„Du hast recht. Mein zweiter Wunsch ist ein Hase."

„Er kommt bestimmt wieder, dein Papa. Du musst beten. Meine Mama tut das oft. Sie sagt: Für uns Flüchtlinge und Heimatvertriebene hat Gott immer ein offenes Ohr."

„Und für uns etwa nicht?"

„Doch, bete laut, damit dich Gott hören kann."

„Gott ist doch nicht schwerhörig. Er hört uns auch, wenn wir flüstern."

Manfred musste laut lachen.

„Sag mal, Manfred, seid ihr Deutsche? Ihr kommt von so weit her. Ist dort Deutschland nicht längst zu Ende?"

„Nee! Wir kommen aus Schlesien, aus Lignitz."

„Ist es da schön?"

„Schöner als hier. Wenn ich älter bin, gehe ich wieder zurück."

„Du meinst, du kannst wieder zurückgehen?"

„Wieso nicht? Wir haben zwar kein Fahrzeug, aber dafür hab ich zwei kräftige Beine, die weit laufen können."

Armin kicherte. Seine Mutter hatte ihn darüber aufgeklärt, dass die Flüchtlinge nicht mehr in ihre Heimat zurückgehen konnten. Das war sehr bitter. Armin wollte Manfred jetzt nicht die Hoffnung nehmen, weil Heimat doch etwas Besonderes war. Seine Mutter hatte sich einmal so über ihre Berliner Heimat geäußert und erklärt, dass man seine Heimat nie vergessen könne. Sie würde sich von selber in unser Herz einpflanzen.

Erst seitdem Armin die Bekanntschaft mit Manfred gemacht hatte, konnte er mit Flüchtlingen und Heimatvertriebenen besser mitfühlen. Er fand diesen Jungen noch viel netter als Herrmann, der zwar auch Gefühle zeigen konnte und warmherzig war, aber manchmal kam bei Armin Eifersucht auf, weil sein Freund Karli bevorzugte. Mit Herrmann traf er sich deshalb nur hin und wieder einmal. Armin dachte jetzt öfter darüber nach, was Flüchtlinge und Heimatvertriebe erlitten haben mussten, als sie gezwungen wurden, ihre Heimat zu verlassen. Was wäre, wenn man mich, Armin, aus meiner Heimat vertrieben hätte? Nicht auszudenken, wie es mir dabei ergangen wäre. So überlegte Armin neuerdings.

Noch an diesem Tag besuchte Armin seinen Schulfreund Manfred. Armin war sehr neugierig darauf, wie es bei dieser Familie aussehen würde. Die Kellertür, die er öffnete, sah nicht einladend aus. Sie quietschte außerdem fürchterlich. Doch dahinter verbarg sich eine Wohnung mit einer besonders einladenden Atmosphäre, die jedoch etwas ungewöhnlich war. Die Räume waren mit Kisten möbliert. Auf die Sitze hatte die Familie selbstgenähte Kissen gelegt. Den Tisch, zwei Kisten hoch und entsprechend breit, bedeckte ein Stoff mit einem Blumenmuster. Die Betten waren ebenfalls mit Kisten zusammengestellt, die mit einem Bezugsstoff abgedeckt waren. Jedem Familienmitglied stand eine Matratze, ein Laken, ein mit Stroh gefülltes Kopfkissen, und eine Zudecke zur Verfügung.

Frau Mössert begrüßte den Freund ihres Sohnes sehr herzlich. Sie bat ihn, Platz zu nehmen. Armin stellte fest, dass man auf diesen Sitzmöbeln auch nicht schlechter saß als auf normalen Stühlen.

An den unverputzten Wänden hingen selbstgemalte Bilder, die Manfreds Vater, den Armin nicht kennenlernen konnte, gemalt hatte.

Armin dachte: Diese Wohnung ist etwas Außergewöhnliches. Man erkennt die Mühe, die sich seine Besitzer gemacht haben, ohne Geld auszugeben. Sie besaßen ja auch keines.

Manfreds Mutter machte einen sehr netten Eindruck, aber sie war nicht nur schlank, sondern ziemlich abgemagert. Ihr Lächeln empfand Armin als etwas Besonderes. Ihre Augen strahlten wie zwei Sterne, als Armin sagte: „Frau Mössert, Sie haben Ihre Wohnung sehr schön eingerichtet, mit wenig Geld, mit viel Geschmack. Sie sind eine Künstlerin."

Manfred hatte Armin schon vor dessen Besuch erzählt, dass seine Mutter viel durchgemacht habe. Sie war zweimal vergewaltigt worden.

Heimlich nahm sich Armin vor, dass er der Familie am Abend ein paar Eier und einen schönen Blumenstrauß bringen würde.

Manfred holte seinen Käfig. „Den hast du wirklich alleine gemacht?"fragte Armin zweifelnd.

„Habe ich! Frag meine Mama."

Sie nickte. „Das kann ich nur bestätigen."

Armin meinte: „Manfred hat nicht umsonst eine Eins im Werken. Wenn ich mir den Käfig ansehe, kann ich mir kaum vorstellen, dass er ihn selbst gemacht hat. Aber ich glaube es."

Der Winter im Jahr 1947/48 wurde genau so kalt wie der Winter vorher. Wegen Mangel an Heizmaterial mussten viele Menschen frieren. Manche erfroren sogar bei diesen Temperaturen, weil es nichts zu heizen gab. In Vierhofen hatte es am Tag 29 Grad minus, in den Nächten waren es bis zu minus 33 Grad.

Emmi und die Kinder zitterten vor Kälte. Die dürren Äste und Zweige, die die Familie im Wald gesammelt hatte, waren aufgebraucht. Emmi warf einen Blick aus dem Fenster und sehnte sich den Frühling herbei. Stattdessen pfiff der Sturm heftig ums Haus, sodass es ein Schneetreiben gab. Die weiße Pracht türmte sich auf den Straßen und obwohl nicht viele Autos unterwegs waren, blockierten Schneeverwehungen den Verkehr.

Manche Menschen kletterten auf Güterbahnwaggons, um sich mit Kohlen einzudecken. Meistens waren es junge Leute, die sich ihre Taschen und mitgebrachte Säckchen mit Heizmaterial füllten.

Armin erzählte: „Stell dir vor, Mama, ich hab oben den schwarzer Pfarrer bei den schwarzen Kohlen gesehen. Muss der das Stehlen auch beichten?"

„Nein, auch ein Pfarrer will nicht erfrieren."

„Unsere Lehrerin konnte keine Kreide mehr anfassen, so steif waren ihre Finger. Zum Glück sind jetzt Ferien. Herrmann hat erzählt, dass sein Lehrer jetzt wie ein Tier Winterschlaf mache, er sich ins Bett mit vielen Decken eingrabe und nichts zu essen brauche."

Die Wände im Haus der Brunners waren mit Reif überzogen. Armin kratzte mit den Fingernägeln eine Figur hinein. Dazu schrieb er: *„Helft uns, ihr hohen Mächte."* Seine Mutter meinte: „Mir scheint, die sind auch eingefroren."

Armin zitterte. Er zog seine dicke Jacke an und lief von einem Zimmer in das andere. Er rutschte auf dem Treppengeländer herum und verschaffte sich damit Bewegung.

Monika, die sich mit ihren Puppen beschäftigte, verging die Lust zum Spielen. Emmi zog ihr das Wintermäntelchen über, umwickelte sie mit einer warmen Decke und legte sie in ihr Bettchen. Das Kind schlief sofort ein, doch mitten in der Nacht wurde es wach und suchte die Mutter auf, die auf ihrer Schlafstelle unter Kissen und Decken vergraben lag. Monika huschte zu ihr ins Bett, und die beiden schliefen bis zur nächsten Mittagszeit.

Als Armin an diesem Vormittag den Hühnerstall aufsuchte, fand er kein einziges Ei, auch nicht im Schuppen. Ihm war es, als wäre das Hühnervolk eingefroren, weil es sich nicht rührte und keinen Laut von sich gab.

Inzwischen waren Emmi und Monika aufgestanden. Die Mutter rührte einen Mehlbrei an, damit die Familie eine Kleinigkeit zu essen hatte. Hunger und Kälte zusammen waren schwer durchzustehen.

Was die meisten Bürger ärgerte: Die Kohle, die jetzt viele Menschen benötigt hätten, wurde wegen *Reparationsleistungen,* sozusagen zur *Wiedergutmachung,* weil Deutschland den Krieg verloren hatte, von Emden aus ins Ausland geschafft.

Es gab nur wenige begüterte Menschen, die sich bei den Kohlenhandlungen Heizmaterial verschaffen konnten. Der junge Privatier Erik Lösner verfügte über so viel Geld. Der Sprache nach kam er aus Norddeutschland. Warum war er ausgerechnet in den kleinen oberfränkischen Ort gezogen? Die Geldquelle sprudelte bei seinen Eltern. Man fragte sich in dieser Zeit, woher dieser Reichtum kam? Seine Eltern waren vor dem Krieg Fabrikanten gewesen und besaßen so viel Geld. Manche Vierhofener beneideten, andere hassten Erik. Er hatte sich ein altes, villenähnliches Haus mit einem Gärtchen von dem Geld seiner Eltern angeschafft, die später nachkommen wollten.

Jetzt, wo das Frühjahr bald in den Sommer überging, saß er oft mit einem Buch in seinem Garten. Manche Vierhofener fragten sich, ob er ein Gelehrter war. Lösner musste die erste Etage seines Hauses einigen Flüchtlingen zur Verfügung stellen. Obwohl er sehr sozial eingestellt war, - er arbeitete in einem Verein für Waisenkinder mit - störte es ihn, dass die Gäste, wie er sie nannte, die Möbel ramponierten und im Garten mutwillig die Blumen ausrissen. Er nahm an, dass dies aus Neid geschah.

Ab und zu ging Lösner am Waldesrand spazieren. Jetzt, wo es wieder Frühling war, sah man ihn öfter.

Meistens trug er eine dunkelblaue Sportjacke und eine graue Sporthose dazu. Den Kopf bedeckte stets eine Schirmmütze.

Armin, neugierig von Natur aus, lief ihm einmal nach. Er fragte den jungen Mann, wo er herkomme. „Dich Dreikäsehoch geht das nichts an", antwortete er patzig. Aber der selbstbewusste Knabe ließ sich damit nicht abspeisen. „Ich bin kein Dreikäsehoch, sondern schon mindestens ein Zehnkäsehoch. Warum wollen Sie mir nichts verraten? Sind Sie etwa ein *Hochwohlgeborener*?" Erik Lösner lachte. „Junge, wo hast du denn diesen komischen Ausdruck her? Meinst du, ich bin ein Adliger?" „Sind Sie das?" „Nee!" „Kommen Sie aus Berlin? Meine Mutti kommt daher." „Ich bin kein Berliner. Von deiner Fragerei bekomme ich Bauchschmerzen. Geh bitte weiter." „Warum darf ich Sie nichts fragen? Haben Sie Angst? Werden Sie vielleicht von der Polizei gesucht? Waren Sie überhaupt im Krieg? Mein Papa ist davon noch nicht zurückgekommen." Erik atmete tief ein und aus. „Klar war ich im Krieg. Ich hinke doch." „Es könnte auch eine Angewohnheit sein." Der Mann schüttelte den Kopf „Junge, du machst mir Spaß." „Ich heiße Armin und nicht Junge." „Armin, ich weiß, dass du ein kleiner Schlaumeier bist." „Das *klein* lassen Sie bitte weg. Dafür bin ich schon zu alt." Erik grinste. „Ach ja, ein uralter Mann", witzelte er und fuhr sich dabei über die etwas zu lang geratene Nase. Forsch bat er Armin: „Junge, lass mich endlich weitergehen." „Ich heiße doch nicht Junge, sondern Armin." „Ah, Arminius, der Cherusker. Nett, Sie kennenzulernen", spaßte der junge Mann. Armin wollte wissen: „Wer ist denn das, der Cherusker?" „Er kämpfte einst gegen die Römer. Aber jetzt lass mich in Ruhe." Armin nagte an seiner Oberlippe. Er hätte noch viele Fragen gehabt. Er war enttäuscht. „Aber eine Frage darf ich doch noch stellen – oder?" „Ja, dalli, dalli." „Woher haben Sie so viel Geld?" Erik schüttelte den Kopf. „Diese Frage möchte ich nicht beantworten. Du bist doch nicht vom Finanzamt. Außerdem musst du Lauser nicht alles wissen." Armin verdrehte die Augen. Zu ihm hatte noch niemand *Lauser* gesagt. „Noch einmal wenn Sie mich so nennen, dann stürze ich mich auf Sie", sagte Armin und grinste dabei. Der Privatier lachte laut auf und Armin musste nun auch lachen. „Oh, Arminius, der Cherusker, geht auf mich los. Wo hat er seine Waffen versteckt?" Armin zeigte ihm zwei Fäuste. Erik lachte wieder. Dieser Junge gefiel ihm auf eine besondere Art. Er erwiderte: „Weil mir mein Leben viel zu viel wert ist, möchte ich schnell weitergehen, bevor du mit mir kämpfst." Erik marschierte nun weiter, worüber sich Armin ärgerte. Er war geladen wie ein Maschinengewehr. Er hielt Erik für *borniert*. Seine Mutter gebrauchte diesen Ausdruck, wenn ihr jemand unsympathisch war. Aber Erik war ihm nicht einmal unsympathisch. Armin ärgerte sich nur, weil der Mann so schnell davoneilte.

Ging man von Vierhofen aus den Waldweg Richtung Norden weiter, erreichte man nach vierzig Minuten den kleinen Ort Wiesenbrunn. Hier wohnten einige Landwirte, deren Wiesen und Äcker sich über viele Kilometer erstreckten.

Das erste Anwesen gehörte einem Gutsbesitzer. Er besaß sehr viele Pferde und verdiente sich Geld durch den Gemüseverkauf. Er gab auch Reitunterricht. Eine Tafel lud zu einem *URLAUB AUF DEM LANDE* ein. Aber in dieser Zeit dachte beinahe niemand an Urlaub. Vielen Menschen fehlte es an Lebensmitteln. Manche Kinder bekamen als Pausenbrot nur ein trockenes Brot mit.

Die Schüler und Schülerinnen zeigten sich untereinander den Aufstrich ihres Pausenbrotes. Bauernkinder hatten meistens dick Wurst oder Butter darauf. Einige missgönnten Otto, dem Bauernsohn, das Butterbrot. Armin bettelte ihn an: „Bitte, gib mir die eine Hälfte von deinem Butterbrot." „Was kriege ich dafür?" „Ich könnte dir bei den Hausaufgaben helfen." „Abgemacht!" erklärte ihm Otto. „Komm heute Nachmittag. Hier hast du mein ganzes Brot."

Armin hielt das für einen sehr guten Tausch.

Seit einiger Zeit gab es auch eine Schulspeisung, die meistens jedoch nicht nach dem Geschmack der Schüler war. Doch der Lehrer bat: „Kinder, seid nicht wählerisch. Seid dankbar für alles, was unseren enormen Hunger stillen kann."

Armin fragte seine Mutter: „Wo könnten wir Butter herkriegen? „Nirgends, wir essen weiter Margarine. Vielleicht kaufe ich etwas Mettwurst dazu." „Mama, ich möchte unbedingt mal wieder Butter essen. Der Otto hat mir sein ganzes Butterbrot gegeben. Das hat fein geschmeckt."

Emmi überlegte, wie sie zu Butter kommen könnte. Sie sagte zu ihrem Sohn: „Ich weiß, was ich tue. Ich biete einem Landwirt meine Hilfe bei der Ernte an. Vielleicht bekomme ich dafür ein Stück Butter."

Sie suchte den Landwirt Meisner auf, der von ihrer Idee begeistert war. Seine Frau lag krank im Bett. Emmi sagte ihm gleich ehrlich, dass sie für ihre Arbeit ein Pfund Butter erwarte. Der Bauer nickte. „Das kriegen Sie. – Wo kommen Sie her?" „Aus Berlin. Ich habe Fridolin Brunner aus Vierhofen geheiratet."

„Kenne ich nicht."

„Mein Mann ist immer noch nicht heimgekehrt."

Mitleidig sah der Bauer die junge Frau an und versuchte sie zu trösten, indem er meinte: „Er wird schon noch kommen."

„Ich glaube nicht mehr daran", erwiderte Emmi.

Sie machte sich auf dem Feld an die Arbeit. Hinterher bekam sie die versprochene Butter, auch noch einen kleinen Sack mit Kartoffeln dazu. Beinahe hätte sie dem sympathischen Mann vor Freude die Hände geküsst. „Kommen Sie wieder, wenn Sie in Not sind", sagte er und fügte hinzu: „Wir haben oft viel zu tun. Also muss ich Ihnen nichts schenken, weil Sie es verdienen können. Sie brauchen mit Ihren Kindern niemals zu hungern. Bringen Sie doch mal die beiden mit."

„Gerne", erwiderte Emmi. Ihre Augen waren vor Rührung feucht geworden. Sie dachte: Wenn es nur mehr solche Menschen hier gäbe. Ich habe schon anderes beobachtet.

Emmi hatte kürzlich erlebt, dass eine Flüchtlingsfrau von einer Einheimischen unfreundlich behandelt worden war. Die Frau aus Vierhofen hatte gesagt: „Haut doch alle ab und geht dorthin, wo ihr hergekommen seid. Wir haben auch nichts zu essen."

Daraufhin folgte die Antwort: „Wir können nichts für diesen erbärmlichen Krieg. An Ihrer Stelle hätten wir Sie, wenn wir Einheimische gewesen wären, auch aufnehmen müssen."

Die einheimische Frau schämte sich später für ihr Verhalten. Es wurde ihr klar, dass die Flüchtlinge diese schlechte Behandlung nicht verdienten, weil sie nicht für diese schreckliche Lage verantwortlich gemacht werden konnten.

Das Essen bei den Brunners wurde an diesem Abend ein Festessen. Die Kinder stürzten sich auf die Butter, von der Emmi jedem ein großes Stück auf den Teller gelegt hatte. Dazu die Kartoffeln. Das schmeckte herrlich. „Den Rest Butter gibt es morgen zum Frühstück. Ich hole dazu ein paar altbackene Weckla. Da schmeckt die Butter auch gut drauf."

In den nächsten zwei Tagen war es den Kindern übel, weil sie viel zu viel Butter zu sich genommen hatten, aber nicht mehr so viel Fett vertrugen.

3

Emmi dachte jetzt viel an Berlin, schon deshalb, weil sie mit ihrer Cousine in Verbindung stand, die ihr in ihren Briefen so viel Neues von ihrer Heimat erzählte. Sie berichtete von den vielen Ruinen. Auch die Gedächtniskirche war zerstört worden. „Emmi, es ist beinahe kein Haus mehr ganz. Bei einigen sind die Wände abgerissen worden und manche Fenster sind mit Decken verhangen, weil das Glas in die Brüche gegangen ist.

Zum Glück muss ich mit meinen Eltern nicht in einer Ruine leben. Aber wir müssen über die Trümmer hinweg steigen, um zu unserem Ziel zu gelangen. Manchmal sehe ich hier Kinder spielen oder Erwachsene den Schutt wegräumen. Es sind ja meistens Frauen, die sich darum kümmern, weil doch nicht mehr viele Männer am Leben sind. Einmal habe ich ein kleines Mädchen mit einer Schaufel in der Hand gesehen, das auch versuchte, Ordnung zu schaffen. In einer Hand hatte das Kind eine Puppe getragen, in der anderen Hand eine Schaufel. Kurz darauf ist ein Junge gekommen, wahrscheinlich der große Bruder, und hat ihr die Schaufel abgenommen, um dort den Schutt wegzutragen. Gleich darauf konnte ich mit Entsetzen einen alten Mann mit einer blutenden Hand beobachten. Womöglich hatte er in die Scherben eines zerbrochenen Essgeschirrs gefasst. Ich bin rasch mit meinem Erste-Hilfe-Kasten hinuntergegangen und habe ihn provisorisch verarztet. Sofort habe ich mit ihm meinen Hausarzt aufgesucht, der ihn weiter behandelt hat. Immer wieder verletzen sich Menschen in den Trümmern. Die Kinder wühlen in dem Schmutz herum, weil sie glauben, etwas Besonderes zu finden. Dabei sind die Blindgänger eine große Gefahr, an denen man sich schwer verletzen kann. Hier muss dringend etwas geschehen, nämlich alles weggeräumt werden, damit der Wiederaufbau beginnen kann. Ich will mich auch mit meinen Eltern daran beteiligen. Unser Berlin muss unbedingt wieder ein schönes Gesicht bekommen und die Bewohner ein neues Zuhause. – Liebe Emmi, ich muss so oft an unsere Kindheit denken. Wir haben beinahe jeden Tag zusammen in eurem Gartenhäuschen gespielt. Jetzt steht kein Stein mehr auf dem andern. Und der Garten ist verödet. Wenn du das sehen könntest, würdest du bestimmt weinen. Aber weine jetzt nicht, denn es wird alles wieder gut werden. Denke an diese schöne Zeit zurück und lächle."

Emmi dachte: Wie kann ich darüber lächeln? Ich habe große Sehnsucht nach Berlin, aber nicht nach dieser zertrümmerten Stadt, wie Margarete sie beschreibt. Ich warte, bis es wieder ein Berlin mit einem freundlichen Gesicht gibt.

Nicht nur Berlin, auch viele andere Städte waren Bombenangriffen zum Opfer gefallen: Dresden, Hamburg, Nürnberg, München, Heidelberg, Würzburg, Bayreuth, und viele mehr.

In Vierhofen suchten Menschen aus Bayreuth und Nürnberg eine neue Bleibe. Emmi bekam die Zuweisung, Neuankömmlinge in ihre leeren Zimmer im ersten Stock einziehen zu lassen, auch wenn diese renovierungsbedürftig waren. Es kam ein Ehepaar aus Bayreuth und freute sich darüber, dass es im Haus der Familie Brunner wohnen durfte, obwohl es leere Räume vorfand. Die beiden Leute aus Bayreuth sorgten selber dafür, dass die Wände einen neuen Anstrich erhielten. Emmi bat einen Nachbarn, eine provisorische Toilette und ein Waschbecken für sie zu installieren. Der Handwerker, der wegen seiner massiven Nierenbeschwerden nicht an der Front gewesen war, leistete Emmi gute Dienste und verdiente sich eine Kleinigkeit dabei.

Margarete schrieb in einem weiteren Brief: „Liebste Emmi, wir müssen hier hungern und uns mit Milchpulver und Dörrobst begnügen. Geht es euch auch so schlecht?" Emmi schrieb ehrlich zurück: „Etwas besser schon. Aber unsere Kinder wollen dauernd Wurst und Fleisch essen und ich habe kein Geld dafür. Das bisschen Lohn, das ich bei der Konservenfabrik verdiene, reicht nicht weit. Zum Glück konnte ich übriges Geschirr in Lebensmittel eintauschen. Außerdem haben wir eierlegende Hühner. So werden wir nicht verhungern."

Emmi hatte ihren Kindern versprochen, sobald sie wieder ihren Lohn in der Firma erhalten habe, würde sie Wurst kaufen.

Armin hatte bereits geklagt: „Immerzu dieses Margarine-Brot und nichts weiter drauf. Bitte, Mutti, kauf doch wieder ein Stückchen Gelbwurst zum Abendessen. Die haben wir schon lange nicht mehr gehabt. Ach, die schmeckt so himmlisch." „Aber sie ist so teuer, Armin. Ihr habt doch Eier zum Frühstück. Reicht das nicht?"

„Nein! Moni und ich haben doch so großen Hunger, als wären wir Riesen und hätten ein großes Maul. Mutti, du darfst uns nicht verhungern lassen."

„Jetzt reicht es mir aber, Armin. Keiner wird bei uns verhungern. Ihr dürft nur nicht zu anspruchsvoll sein. Ich kann keine Gelbwurst kaufen. Wir begnügen uns mit rotem Presssack. Der ist billig und schmeckt auch."

Armin schüttelte den Kopf. Gereizt antwortete er: „Er schmeckt überhaupt nicht, aber in der Not frisst der Teufel sogar Fliegen."

Emmi riss perplex den Mund auf. Sie war über den Ausspruch ihres Sohnes erzürnt. Wo hatte er nur solche Ausdrücke her? Sie war nahe daran, ihm eine Ohrfeige zu verpassen, doch sie beherrschte sich, weil sie sich geschworen hatte, ihre Kinder niemals zu schlagen. Sie donnerte los: „Armin, was erlaubst du dir zu sagen? Du kannst froh sein, dass wir Presssack kaufen können. Frag mal nach, wie es deinen Schulkameraden ergeht? Bestimmt schlechter als dir. Die würden sich wahrscheinlich alle Finger nach unserem Presssack abschlecken. – Weißt du nicht, in welcher Zeit wir leben? Der Krieg ist noch nicht lange vorbei."

Armin fasste sich an die Stirn. Schon bereute er, was er geäußert hatte. „Entschuldige, Mutti, ich weiß, in welcher Zeit wir leben. Es ist mir wirklich nur so herausgerutscht. Klar mag ich auch Presssack, vor allem aber Brot."

„Das will ich hoffen. Sonst ernährst du dich von Wasser und Gras. Das wächst reichlich auf unserer Wiese."

In Margaretes nächstem Brief stand: „Am liebsten möchte ich zu Euch kommen, dann bräuchte ich nicht zu verhungern. Ich halte das nicht mehr durch."

Die Antwort, die Emmi gab, lautete: „Liebe Margarete, so ohne Weiteres geht das nicht. Du müsstest erst einmal einen Antrag stellen. Aber was nützt das, wenn es hier keine Wohnungen und Zimmer gibt. Ich musste ein ausgebombtes Ehepaar aus Bayreuth aufnehmen. Dabei hätten unsere leeren Räume erst renoviert werden müssen. Es gibt jetzt viele Zwangseinweisungen von der Gemeinde aus, weil manche Bewohner nicht bereit sind, ihre Räume mit Flüchtlingen oder Ausgebombten zu teilen. Bitte, bleibe vorläufig in Berlin. Es wird sicher wieder eine bessere Zeit kommen. Wenn du von dort weggehen solltest, bereust du es womöglich."

„Stimmt", schrieb Margarete zurück. „Das war nur eine voreilige Idee von mir. Außerdem kann ich meine Eltern nicht allein lassen. Stell dir vor, wir sind neulich nach Brot angestanden, die ganze Nacht durch. Meine Mutter, der es wieder gut geht, hat mir eine warme Decke gebracht. Dann hat sie sich selber beim Bäcker angestellt und mich heimgeschickt. Zum Schluss kam mein Papa an die Reihe. Das Brot, das ihm gegen Morgen verkauft wurde, war ein Maisbrot und hat fürchterlich geschmeckt, aber es hat wieder unsere Mägen gefüllt. Nein, wir müssen nicht verhungern, liebe Emmi. Es war von mir übertrieben, das zu behaupten."

4

Es gab schon seit Monaten den *Marshallplan*, ein amerikanisches Hilfsprogramm zum Wiederaufbau, das in Washington verwaltet wurde. Auch Sachspenden, wie die CARE-Pakete, die bereits zu armen Menschen in die europäischen Länder geschickt worden waren, und Kredite gehörten dazu. Nur die Ostblockstaaten lehnten es ab, sich daran zu beteiligen.

Schon seit einiger Zeit entstanden neue Wohnungen und Häuser, besonders in den Großstädten. Emmi hörte davon, dass man in München und in anderen Städten sogar ganze Siedlungen mit neuen Häusern baute.

Margarete schrieb, dass auch in Berlin neue Häuser und Wohnungen entstanden waren, aber dennoch Wohnungsnot herrschte.

Emmis Antwort darauf war: „Wir freuen uns auch darüber, dass in Vierhofen ein großes Wohnhaus gebaut wurde. Vielleicht kann unser Bayreuther Ehepaar dort einziehen. Die junge Frau bekommt ein Kind. Sie kann es hier in diesen noch leeren zwei Zimmern nicht großziehen, denke ich. Sie müssen sich mit Kisten und unseren alten Möbeln begnügen. Ich konnte ihnen unsere Gartenliegen schenken. Vom Staat haben sie einen Kochherd und einen Schrank für ihre Kleider erhalten. Sie schlafen auf Matratzen, die sie auf den Boden legen. Wir haben auch nicht so viele Möbel, dass wir welche verschenken können. Etwas Geschirr, ein paar Teller und Tassen, konnte ich ihnen geben. Mein Geschirrschrank ist jetzt bald leer, weil ich mit meinem Porzellan außerdem viele Nahrungsmittel eingetauscht habe. Jetzt kann ich zumindest einen Kuchen backen, weil ich auch Mehl und Milch bekommen habe. Margarine habe ich bereits da. Ich lebe in der großen, großen Hoffnung, dass die Zeiten allmählich besser werden und die Lebensmittelrationierung, die Hitler 1939 vor dem Zweiten Weltkrieg eingeführt hatte, wegfallen wird.

Weißt du, was ich fühle, liebe Margarete? Dass wir bald einmal zusammenkommen können. Dann kannst du endlich auch meine Kinder kennenlernen. Sie fragen oft nach *Tante Margarete*.

Was mich immer noch sehr traurig macht: Dass mein Mann noch nicht zurückgekehrt ist. Auch muss ich öfter an meine Eltern denken, die damals verschüttet worden sind. Welch ein grausamer Tod! Das haben sie nicht verdient. Aber der Tod fragt nicht danach, ob ein Mensch ihn verdient hat oder nicht."

Am 21. Juni 1948 gab es eine Währungsreform. Das Geldwesen musste neu geordnet werden. Die Reichsmark (RM) wurde von der deutschen Mark (DM) abgelöst. Erst zwei Tage vorher erfuhr die Öffentlichkeit Einzelheiten darüber. Manche hatten bereits geahnt, dass dies kommen würde, vor allem Kaufleute, die vieles zurückgelegt hatten, was sie nach der Reform für DM teuer verkaufen wollten.

Emmi, die ihr Geld abgeholt hatte, es gab eine Kopfquote von DM 40, später noch DM 20 dazu,- überlegte, was sie dafür kaufen würde. Die Preise waren rapide gestiegen. Ihr war vor allem wichtig, dass sich ihre Kinder satt essen konnten. So besorgte sie Nahrungsmittel, aber die waren immer noch rationiert und gab es weiterhin nur auf Lebensmittelmarken bis zum Jahr 1950. Emmi hätte gerne mehr Grieß und Zucker kaufen wollen, aber sie erhielt nur die vorgegebene Menge. Grieß erhielt sie glücklicherweise auch von ihrer Nachbarin, die dafür Eier bekam. Monika, Armin und sie selbst aßen gerne Grießsuppe, die schnell zubereitet werden konnte. Emmi schlug stets ein Ei hinein, damit das Essen kräftiger wurde. Ihre Kinder löffelten diese flüssige Speise um die Wette. „Fertig!", rief Monika, die meistens zuerst den Teller leergegessen hatte. Erstaulich war, dass die Kleinste den größten Hunger hatte. Die Kinder wurden oft schon allein mit dieser Suppe satt. Meistens spendierte ihnen die Mutter noch eine Scheibe Brot dazu.

Hatte man genügend Geld, konnte man sich zurzeit auch besondere Wünsche erfüllen, aber wer hatte schon viel Geld? Wahrscheinlich nur Kaufleute, die viel Gewinn erzielt hatten. Man sprach von einem *Kaufwunder*, das die meisten Menschen in dieser Zeit vergessen konnten, weil sie für das Nötigste sorgen mussten, für die Ernährung.

Jugendliche und auch Kinder sammelten Zigarettenkippen. In Vierhofen lagen davon viele herum. Emmi wunderte sich darüber, wo doch diese *Glimmstängel*, wie sie sie nannte, teuer waren. Die Zigarettenstummeln waren deshalb so wertvoll, weil man die Reste des Tabaks herausnehmen und damit wieder eine neu gedrehte Zigarette füllen konnte.

Armin und Monika sammelten auch solche Zigarettenreste. Sie freuten sich, dass sie in einem Ladengeschäft dafür etwas Schokolade bekamen. Sie hätten sich gewünscht, dass es mehr davon geben konnte, aber sie erhielten nur ein paar Rippchen davon.

Wieder einmal begegnete Armin Herrmann, der jetzt einige Packungen Kaugummi, genannt Chewinggum, besaß. Armin musste lachen, als er beobachtete, wie sein Freund auf einem Kaugummi herum kaute und dabei einen schiefen Mund machte wie es die Amerikaner taten. Herrmann wurde so wütend über Armins Gelächter, dass er ihm den ausgekauten Chewinggum ins Gesicht spuckte. „Unverschämtheit", tobte Armin. „Zur Strafe gibst du mir jetzt einen Kaugummi. Sonst beschwere ich mich bei deinem Lehrer."

Herrmann nahm diese Aussage nicht so ernst und erwiderte grinsend: „Na bitte, mach das mal. Mein Lehrer kaut auch ab und zu einen Kaugummi. Er wird nur über deine Beschwerde lachen."

Armin schüttelte den Kopf und ging weiter. Was war nur mit Herrmann los, wunderte er sich.

Er fand seinen Freund plötzlich so überheblich. Wahrscheinlich wegen der verflixten Kaugummis.

Schon am nächsten Tag begegnete Armin seinem Freund zufällig wieder. Er versuchte, einen weiten Bogen um ihn zu machen, aber Herrmann sprang schnell auf ihn zu und rief: „Armin, hättest du ein Stück Brot für mich?"

„Wieso? Bist du ein Bettler geworden?"

„Das nicht, aber für eine Scheibe Brot bekommst du eine Packung Chewinggum von mir. Das ist doch ein guter Tausch."

Armin fühlte sich immer noch gekränkt. „Nee, mein Brot ist tausendmal mehr wert als dein blöder Kaugummi. Behalte ihn. Ich will ihn nicht."

Armin wollte nicht zugeben, dass er gerne einen Kaugummi gehabt hätte.

Chewinggum hin oder her. Keiner konnte sich von diesem Zeug ernähren. Aber die Kinder, vor allem die Jugendlichen, sehnten sich danach.

Hier bei Emmi in der Straße lebte eine Familie mit fünf Kindern. Der Vater suchte nach einer Kartoffelernte auf einem Feld nach liegengebliebenen Knollen. Emmi sah zufällig, wie er sich mit einem Landwirt prügelte. „Das ist Diebesgut", behauptete der Feldbesitzer. Der andere brüllte zurück: „Stimmt nicht. Hättet ihr bei der Ernte besser aufgepasst, hätte ich jetzt keine Kartoffeln finden können. Jetzt gehören sie mir, und wenn du dich auf den Kopf stellst. Meine Familie muss sonst verhungern. Das glaubst du mir wohl nicht?"

„Nein! Ihr Flüchtlinge lügt doch alle wie gedruckt."

Diese Worte ließ sich Heinrich nicht gefallen. Er schlug zu. Am Ende hatte jeder der beiden eine blutige Nase. Der Landwirt gab auf. So konnte der erfolgreiche Sammler mit einem halben Sack Kartoffeln davongehen und seine Familie hatte wieder etwas zu essen.

Der Wald gab jedoch alles freiwillig her. Keiner musste um Holz, Heidelbeeren und Pilze betteln.

Die Hausfrauen weckten fleißig Beeren ein, auch Emmi. Kleinere Kinder aßen einen Großteil davon bereits im Wald und die Mütter wunderten sich manchmal darüber, dass ihr Nachwuchs nur winzige Mengen daheim ablieferte. Aber wenn sie die Zungen der Kinder betrachteten, wussten sie, dass die größere Menge der Beeren bereits in den Mund gewandert war.

Monika begleitete ihren Bruder öfter. Einmal setzte sie sich in die Beeren und aß so viel sie essen konnte, wobei ihr gelbes Kleidchen dunkelblaue Flecken bekam. Hinterher klagte das Kind über Bauchschmerzen.

Vieles machte Emmi den Flüchtlingen nach. Diese waren sehr einfallsreich. Mit Maitrieben und Zuckerrüben, die sich Emmi von den Feldern geholt hatte, stellte sie etwas Ähnliches wie Honig her. Armin und Monika konnten nicht genug davon kriegen. Sie strichen sich die süße Masse aufs Brot und aßen sie hin und wieder am Nachmittag.

Zum trockenen Brot schmeckte ihnen ein Apfel.

Emmi konnte ab und zu einmal ihre Eier in Mehl eintauschen. So war es für sie möglich, Brot zu backen. Armin stellte fest, dass das selbstgebackene besser schmeckte als das gekaufte. Auf dem selbstgebackenen Brot schmeckte ihnen sogar die Margarine.

Emmi schenkte ihrer Nachbarin öfter einmal ein paar Eier. Einmal erhielt sie dafür eine Schüssel mit Vanillepudding. Die Kinder und sie selbst waren von dieser Süßspeise begeistert. „Der schmeckt ja himmlisch, der Pudding", rief Armin aus und seine kleine Schwester war ebenso begeistert. Sie rief: „Noch himmlischer als himmlisch."

Am Haus der Brunners ging ein etwa fünfzehnjähriger Junge mit einem riesigen Rucksack vorbei. Emmi hatte ihn schon öfter gesehen. Er musste ein Erwachsenenleben führen, weil sein Vater nicht aus dem Krieg heimgekehrt war, und er für die Familie sorgte. Er sah sich überall nach Essbarem um. Er schüttelte Obstbäume und ließ Äpfel und Birnen herunterfallen, die er einsteckte. Keiner kam auf die Idee, dies Diebstahl zu nennen. Man bezeichnete dies als *Mundraub*. Jeder war sich in dieser unheilvollen Zeit selbst der Nächste.

Emmi hatte ihrem wissbegierigen Sohn erzählt, dass Berlin nach dem Krieg in vier Sektoren eingeteilt worden war: in die amerikanische, in die britische, in die französische und in die sowjetische Zone. Die vier Alliierten übten durch ihre Kommandantur die Herrschaft aus.

Jetzt erfuhr man, dass die Russen die Westalliierten zum Rückzug aus Berlin zwingen wollten. Margarete schrieb an Emmi, dass sie befürchte, es komme doch ein Krieg.

Die Sowjets waren darüber verärgert, dass die Westmächte und Westberlin die DM Ost nicht anerkennen wollten. In ihrer Wut riegelten die Russen Berlin völlig ab. Alle Zufahrtswege auf der Straße und auf der Schiene wurden gesperrt, auch die Binnenschifffahrt wurde eingestellt. In der Nacht vom 23. zum 24. Juni 1948 gingen in Westberlin die Lichter aus. Das Kraftwerk wurde von den Sowjets zum Teil abgeschaltet. Privathaushalte hatten nur 4 Stunden täglich Strom, davon 2 Stunden zur Nachtzeit. Viele Betriebe mussten schließen oder zur Kurzarbeit übergehen. Es gab jetzt eine Vielzahl Arbeitslose.

Es war nun zu einer Blockade in Berlin gekommen.

Doch der amerikanische General Lucius D. Clay wusste sich zu helfen. Er setzte sich für Berlin ein und sorgte für eine Luftbrücke. Sämtliche verfügbaren amerikanischen Flugzeuge wurden für den Lufttransport bereitgestellt. Von Fliegern aus wurde die Bevölkerung mit Lebensmitteln und wichtigen Gegenständen versorgt. So hebelte man die Blockade der Sowjets aus. Später setzte sich auch die britische Luftwaffe dafür ein. Berliner bezeichneten gerne die Versorgung aus der Luft *das Wunder von Berlin*. Zärtlich nannten manche die Flugzeuge *Rosinenbomber*, weil die Menschen von oben herab auch mit Süßigkeiten versorgt wurden. Davon hatte Margarete in ihren Briefen an Emmi einiges zu erzählen. Ihr erschien diese großartige Hilfe wie Weihnachten und Ostern zugleich. Auch sie war oft mit ihren Eltern zugegen, als es von oben herab wertvolle Güter regnete. „Die Menschen jubelten und die Kinder sprangen vor Freude in die Luft. Ein Jugendlicher rief: *Bitte, bitte, noch mehr von dieser Herrlichkeit. Jetzt sind wir gerettet.*" Manche Menschen weinten vor Freude.

Margarete berichtete auch etwas über ihre Freundin Anni. „Sie wird *Amihure* genannt, weil sie mit einem amerikanischen Soldaten befreundet ist. So werden viele Mädchen und Frauen bezeichnet, die einen Amerikaner zum Freund haben. Ich hätte auch gerne einen, aber leider habe ich kein Glück. Anni darf mit ihrem Freund in den Club gehen. Sie erzählte mir, dass dort eine Unmenge Alkohol getrunken und viel zu viel geraucht wird. Selber raucht sie aber auch. Sie hat mich kürzlich wissen lassen, dass sie sich mit Joe verloben, ihn demnächst heiraten und mit ihm nach Amerika ziehen wollte. Ich habe ihren Zukünftigen auch kennengelernt. Er ist sehr nett und großzügig. Auch mich hat er mit Schokolade beschenkt. Was mir nicht mehr an Anni gefällt: Sie ist süchtig geworden und raucht seit einiger Zeit jeden Tag so viel, dass ihre Kleidung stinkt. Ich halte mir jedes Mal die Nase zu, wenn ich mit ihr zusammenkomme. Wenn ich darüber klage, ist sie für einige Zeit beleidigt."

Für Emmi waren Margaretes Briefe immer sehr aufschlussreich und interessant. Die Cousine stellte die Lage in Berlin so präzise dar, dass sich Emmi stets ein Bild davon machen konnte.

Nachdem Karli nach einer Stunde täglichem Training das Radfahren gut beherrschte, fuhr er nicht mehr in den Zaun und konnte die Prüfung bei seinem Freund Armin, der gerne als Fahrlehrer fungierte, mit der Note Eins ablegen. Die versprochenen Feierlichkeiten dafür fanden in Armins Schuppen statt. Armin und Karli luden auch Herrmann und Manfred dazu ein. Sie spielten, wie schon öfter, *Schwarzer Peter*, und sie tranken dabei Limo. Es wurde gelacht und gescherzt. Die Jungen wurden allmählich übermütig. Herrmann machte ein beleidigtes Gesicht, weil er ständig die Karte mit dem *Schwarzen Peter* zog. Er konnte jedoch nicht beweisen, dass geschwindelt wurde. Es hätte ja auch Zufall sein können.

Als sich dann Manfred und Karli die Kühnheit erlaubten, die Hühnereier, die sie auf dem alten Leiterwagen entdeckten, auszutrinken, ärgerte sich Armin sehr darüber. „Ihr habt mich nicht um Erlaubnis gebeten. Außerdem schmeckt ein rohes Ei wie…" „Teufelskacke", ergänzte Herrmann und rief Manfred und Karli zu: „So, jetzt entwickelt sich bei euch ein Hühnchen im Bauch. Es frisst euch alles weg, was ihr gegessen habt. Zum Schluss nagt es auch noch euren Magen an." Darüber erstarrten Manfred und Karli im ersten Augenblick vor Schrecken, aber sie glaubten nicht wirklich, was der Freund ihnen weismachen wollte. Etwas später lachten sie alle vier über diesen Scherz.

Herrmann zog sogar zum dritten Mal die Karte mit dem *Schwarzen Peter*. Er war beleidigt und erhob sich, um zu gehen. Aber davor ließ er seinen Ärger heraus und rief: „Mit euch Betrügern will ich nicht mehr spielen. Ihr habt es nur darauf abgesehen, mich zu ärgern."

Sie fingen plötzlich alle vier an zu raufen. Herrmann ahnte, wer ihm ständig den *Schwarzen Peter* zugeschoben hatte.

Armin meinte, es sei Zeit, das Zusammensein zu beenden, weil nichts Gescheites mehr dabei herauskäme. Er bat seine Freunde, die Scheune zu verlassen, doch keiner wollte gehen, bis Armin sie zur Tür hinausschob. Herrmann kam wieder mit einer Packung Chewinggum zurück, um sie Armin zu schenken. Jetzt waren die beiden wieder miteinander versöhnt.

Die Gruppe traf sich jetzt öfter in Armins Schuppen, aber sie spielten nicht mehr *Schwarzer Peter*. „So ein fades und läppisches Spiel. Ich habe etwas Besseres mitgebracht", stellte Herrmann fest und packte seine Schafkopfkarten aus.

Monika trat ein und bat, mitmachen zu dürfen. „Nichts für kleine Kinder", behauptete ihr Bruder unfreundlich und schickte sie fort. Während sie wieder die Treppe hinaufstieg, liefen ihr dicke Tränen über die Wangen. Sie war so wütend auf Armin, weil sie nie mitspielen durfte. Als sie in die

Küche kam, wurde sie von ihrer Mutter mit einem Lächeln empfangen. „Ich habe etwas für dich", sagte sie und legte eine halbe Banane auf den Teller. Das Mädchen hatte so etwas noch nie gesehen. Es probierte ihr Stück und rief: „Schmeckt wunder…wundervoll. So weich und so süß." „Die Nachbarin hat mir die Banane geschenkt. Eine Frucht für Götter." „Mutti, werden wir solche Götter, wenn wir Bananen essen?" Emmi lächelte: „Oh nein, mein Kind. Wir werden immer normale Menschen bleiben und das ist gut so."

„Mutti, ich bin böse auf Armin. Ich verstecke seinen Fußball, weil er mich nie mitspielen lässt."

Emmi grinste. „Mach das! Es war doch schon immer so, dass die großen Geschwister die kleinen nicht brauchen können."

„Das finde ich nicht schön von Armin", urteilte das Kind mit traurigen Augen.

Emmi hatte wieder einmal von ihrer Cousine Post bekommen. Der Inhalt des Briefes hörte sich nicht gut an. Margarete schrieb, dass ihre Angst, ganz Berlin würde bald unter die Herrschaft der Russen fallen, noch größer war, seitdem die Sowjets die DDR (Deutsche Demokratische Republik) gegründet hatten. Jetzt gab es ein geteiltes Deutschland. Die beiden Teile entwickelten sich voneinander fort. Man nannte die Teilung *Eiserner Vorhang*. In der DDR sollte die Liebe zur Sowjetunion gefördert werden. Deshalb wurde eine „*Gesellschaft für deutsch-sowjetische Freundschaft*" gegründet. Die Freundschaft mit den Russen sollte für die DDR-Bürger eine Herzenssache werden. Das schien allerdings nur ein Wunschdenken zu sein.

Die Sprache der Politiker in der DDR wurde immer mehr von der kommunistischen Ideologie geprägt. Der Westen empfand sie als anmaßend.

Für die Bundesrepublik Deutschland, die man jetzt BDR nannte, war Bonn die vorläufige Hauptstadt, für die DDR war es Ostberlin.

Im westlichen Deutschland verbesserte sich die Nahrungsversorgung allmählich. Von der Entwicklung in der DDR konnte man das nicht sagen. Die Bevölkerung musste zwar nicht hungern, aber es gab nicht alles, wonach sich der Gaumen sehnte. Allerdings vermisste man hier im Westen auch noch einiges, aber jeder vermutete, es würde bald noch besser werden.

Die politische Lage war sowohl im Westen als auch im Osten noch sehr angespannt. Viele Deutsche, vor allem die Berliner Bevölkerung, vermuteten, es könnte noch eine heftige militärische Auseinandersetzung geben. Die ständige Bedrohung durch die Sowjets und manche ihrer Aktionen erzeugten Misstrauen. Margarete befürchtete, dass sie ihr eines Tages den Weg nach Westdeutschland versperren würden. Deshalb wollte sie so schnell wie möglich mit ihren Eltern von Berlin fortziehen, aber ihr Vater, vor allem ihre Mutter, war dagegen.

1949 kehrten zwei sowjetische Kriegsgefangene nach Vierhofen zurück. Emmi redete sofort mit den beiden, um zu erfahren, ob einer von ihnen Fridolin begegnet war. Doch keiner wusste etwas über ihn.

Sie erlitt einen Schock, als sie hörte, dass die Rückführung deutscher Kriegsgefangener aus der Sowjetunion abgeschlossen sei. Das teilte die amtliche sowjetische Nachrichtenagentur TASS mit. Lediglich etwa 9700 Deutsche, die wegen eines Kriegsverbrechens verurteilt worden waren und etwa 14 Kranke befänden sich angeblich noch in russischer Kriegsgefangenschaft.

Diese Nachricht wurde in Deutschland angezweifelt. Bundeskanzler Adenauer äußerte sich im Mai 1950 in einer Regierungsansprache dazu: „Wenn diese Meldung richtig ist, dann würde sie fürchterlich sein für Millionen von Deutschen."

Robert Maier, der einmal Lehrer in Vierhofen gewesen war, kehrte auch jetzt erst von Frankreich zurück. Sein Rücken hatte schwer gelitten, weil er von morgens bis abends zu landwirtschaftlichen Arbeiten trotz Schaden an seiner Wirbelsäule herangezogen worden war.

Robert meldete sich bei der Gemeindeverwaltung zurück. Entsetzt musste er feststellen, dass der in der Hitlerzeit tätige Standesbeamte G. Hiller nun als Bürgermeister fungierte. Robert wusste, dass Hiller Judenfamilien und eine geisteskranke Frau denunziert hatte, die daraufhin abgeholt und ins KZ verschleppt worden waren. Wie sollte sich

Robert jetzt verhalten? Nach Gesprächen mit seiner Frau und mit einem Freund entschied er sich, Hiller bei den Amerikanern anzuzeigen. Diese hatten bereits eine Akte angelegt, weil schon Hinweise zu dessen Tätigkeit im *Dritten Reich* eingegangen waren. Roberts Anzeige brachte das Fass zum Überlaufen und Hiller wurde aus dem Amt entfernt.

Die Amerikaner hatten bereits einige Zeit nach Kriegswaffen und Gegenständen, die auf Hitler hinwiesen, gesucht. Sie fanden noch einiges in den Häusern und Wohnungen. Das meiste jedoch hatten die Bewohner längst verschwinden lassen, entweder gleich vernichtet oder im Garten vergraben. Manche hatten Gegenstände auf dem Dachboden versteckt.

Emmi ging ins Dachgeschoß hinauf, um sich dort einmal umzusehen. Sie kannte noch nicht jeden Winkel, weil sie selten etwas dort oben zu tun hatte. Jetzt interessierte sie, ob ihr Schwiegervater dort womöglich Waffen oder sonstiges versteckt hatte. Sie fand unter einem lockeren Brett nur ein großes Foto von Hitler, das sie sofort aus dem Rahmen riss und vernichtete. Sie glaubte nicht daran, dass ihr Schwiegervater zu den Nazis gehört hatte. Ihre Nachbarin Maria behauptete dies. Emmi glaubte ihr nicht. Sie hatte von Johannes Brunner die beste Meinung gehabt. Er hatte ihr, nachdem Fridolin 1940 in den Krieg gezogen war, beiseite gestanden und war wie ein leiblicher Vater zu ihr gewesen. Auch hatte er sich viel um seinen kleinen Enkel Armin gekümmert. Sie bedauerte sehr, dass er damals an einer Lungenentzündung verstorben war.

Emmi fand unterm Dach noch einen geheimnisvollen Karton, den sie vorsichtig öffnete. Wie freute sie sich über den Inhalt: Es waren vier Blechautos und eine Eisenbahn darin, die wahrscheinlich noch aus Fridolins Kindheit stammten. Wie glücklich waren Armin und Monika über diesen Fund. Armin hatte schon immer gerne mit Autos gespielt und seine Schwester fand es plötzlich auch interessant.

5

Allmählich schien sich die Lage zu stabilisieren. Fünf Jahre nach dem Zweiten Weltkrieg empfand die deutsche Bevölkerung das Leben wieder als normal, aber nicht problemlos. Man spürte zwar, dass es aufwärts ging, aber es litten noch viele Menschen, vor allem Flüchtlinge und Vertriebene, von denen es Millionen gab, unter der immensen Wohnungsnot. Die Lasten der Vergangenheit verzögerten den Wiederaufbau. Auch hatten die meisten Männer keine bezahlte Beschäftigung. Viele fanden im Rheinland im Kohlenbergwerk einen neuen Arbeitsplatz. Dass dort Arbeiter dringend gebraucht wurden, sprach sich schnell herum.

Berlin blieb weiterhin ein Zankapfel zwischen Ost und West. Walter Ulbricht übernahm die Führung der DDR. Er war nun der mächtigste Mann in seinem Staat. Zwischen den beiden deutschen Staaten verschärften sich die Spannungen. Die Bundesregierung zeigte keine Bereitschaft, Gespräche mit der DDR aufzunehmen. Sie versuchte, den Strom der DDR-Flüchtlinge einzudämmen.

Mit Behinderungen des Transitverkehrs reagierten die Russen auf die Besetzung eines Gebäudes der sowjetisch kontrollierten Reichsbahn durch die Westberliner Polizei.

Die Industrie im Westen und im Osten war durch Kriegsschäden und Demontagen ziemlich geschwächt worden. Für den Neuaufbau fehlte das

Kapital. Kein Mangel herrschte dagegen an Arbeitskräften.

Margarete schrieb an Emmi: „Bei uns gibt es immer noch große Trümmerberge. Die Wohnungsnot ist hier heftig, denn so schnell können Wiederaufbau und Neubau von Häusern nicht vor sich gehen. Bei unserem Nachbarhaus fehlt immer noch eine Wand, sodass man von außen die Familie beobachten kann.

Unsere Welt, liebe Emmi, ist kleiner geworden. So viele Bekannte sind im Krieg umgekommen und viele Männer sind nicht mehr heimgekehrt. Wir hoffen doch sehr, dass dein Fridolin wieder zu dir zurückkommt. Du bist so eine tapfere Frau, liebe Emmi. Ich kann nachfühlen, wie sehr du auf die Rückkehr deines Mannes hoffst…"

Margarete schrieb noch, dass ihre Mutter schon wieder einmal krank geworden sei und kein Arzt sagen kann, was ihr wirklich fehle. Wahrscheinlich habe sie Depressionen. Ihre Mutter habe Angst, die Wohnung zu verlassen, um Einkäufe zu tätigen. Jetzt habe sie als Tochter die Aufgabe übernommen. „Ich glaube, meine Mutter lebt nicht mehr lange und auch mein Vater ist gebrechlich geworden. Sie reden beide nur noch vom Sterben. Das macht mich so traurig, dass ich keine Freude mehr am Leben habe. - Letzte Woche war ich bei Annis Hochzeitsfeier gewesen. Viele Verwandte ihres Mannes waren aus Amerika gekommen. Wir haben alle miteinander großen Spaß gehabt. Jetzt ist Anni schon mit ihrem Mann nach Amerika abgereist. Ich werde sie sehr vermissen. Sie hat mir versprochen, bald zu schreiben. – Liebe Emmi, ich wünsche Dir und Deinen Kindern alles Gute. Haltet durch. Meine Eltern lassen dich grüßen. Sie erinnern sich noch gerne an Dich und bedauern sehr, dass Deine Eltern damals im Luftschutzkeller umgekommen sind. - Herzliche Grüße von Deiner Margarete."

In Vierhofen verließen einige Flüchtlinge den Ort, da die Männer hier keine Beschäftigung finden konnten.

Der Vater Manfreds, Julius Mössert, hatte schon vor kurzem im Rheinland im Bergwerk Arbeit gefunden. Jetzt holte er die restliche Familie, seine Frau, Manfred und seinen älteren Sohn Oskar nach Langenfeld, wo ihm eine Wohnung angeboten wurde.

Als Armin zwei Tage später auch noch von Herrmann erfuhr, dass dieser mit seiner Familie nach Nürnberg ziehen werde, wurde er traurig. Außerdem wandte sich Karli von Armin ab. Er hatte seit einiger Zeit einen neuen Freund. Dies alles empfand Armin als sehr betrüblich.

In diesen Tagen zog auch die Bayreuther Familie, die bei den Brunners untergebracht worden war, in ihre Heimatstadt zurück. Darüber freute sich Emmi sehr, da sie selber wieder über die beiden Zimmer verfügen konnte. Sie verdiente nun bei ihrer Firma besser, weil sie ganztags arbeitete und überraschend befördert worden war. So konnte sie die beiden nun wieder leeren Räume peu à peu mit Möbeln ausstatten. Ein Zimmer davon wurde ihr Schlafzimmer. Monika erhielt den etwas kleineren Raum daneben. Die angehende Schülerin – nach den großen Ferien kam sie in die erste Klasse – erhielt einen kleinen Schreibtisch, dazu einen Stuhl und ein Erwachsenenbett.

Erst glaubte Armin, mit seinem Raum im Erdgeschoss zu kurz gekommen zu sein, weil er die alten Möbel übernehmen musste und vorerst keine neuen erhielt, aber er stellte bald fest, dass sein Zimmer größer und heller war als das seiner Mutter und seiner Schwester. So war er wieder zufrieden damit. Er nahm sich vor, sich eines Tages selbst zwei kleine Sessel und ein Tischchen anzuschaffen, sobald er den Betrag dafür zusammengespart hatte, aber sein Taschengeld benötigte er meistens für schulische Anschaffungen wie Hefte, Bücher und Schreibmaterial. So musste er alles Gesparte wieder ausgeben. Er nahm sich vor, in den Sommerferien bei der Ernte bei einem Bauern Geld zu verdienen. Keinen Freund mehr zu haben, deprimierte den Jugendlichen sehr.

Er hatte sich in den letzten Wochen und Monaten an die drei Jungen Herrmann, Manfred und Karli sehr gewöhnt und immer etwas mit ihnen unternehmen können. Einmal hatten sie sich alle vier im Wald aus Ästen und Zweigen eine Hütte gebaut. Das hatte großen Spaß bereitet. Warum sich Karli einen neuen Freund gesucht hatte, darauf konnte sich Armin keinen Reim machen.

Einmal traf er Karli beim Brunnen an, wo dieser auf der Bank saß. Als Armin von ihm wissen wollte, ob er wieder mit ihm zusammen etwas unternehmen möchte, erhielt er nur ein Kopfschütteln, aber keine Antwort.

In der Schule verstand sich Armin gut mit Herbert. Er war Klassenbester. Sie hatten einmal daheim gemeinsam eine schwere Rechenaufgabe gelöst. Das hatte sie einander nähergebracht.

Eines Tages kam Herbert zu Armin und zeigte ihm sein neues Spiel, ein modernes Wissensspiel, das er von seinem Nürnberger Onkel Robert zum Geburtstag erhalten hatte. Robert führte in Nürnberg ein Spielwarengeschäft und hatte als Fachmann die *Internationale Nürnberger Spielwarenmesse* besuchen können, die erstmals in Nürnberg stattfand. Vor dem Zweiten Weltkrieg war die Messe in Leipzig gewesen.

Dass Jugendliche an diesem neuen Spiel großes Interesse besaßen, stellte Robert in seinem Ladengeschäft fest.

Beinahe jeden Tag nach den Hausaufgaben vergnügten sich Herbert und Armin damit. Es eröffnete sich den beiden damit eine neue Welt. Armin interessierte sich seitdem für mehr Wissensgebiete als früher und brachte auch in der Schule bessere Leistungen. Das freute Emmi sehr.

Herbert erzählte Armin davon, dass sich seine Mutter vor einem Jahr das Leben genommen hatte. „Sie war depressiv gewesen. Keiner konnte ihr helfen, nicht der Arzt und nicht mein Vater. Sie war so in sich gekehrt und redete kaum ein Wort. Die Tabletten spuckte sie heimlich wieder heraus. Mein Papa hatte sie einmal dabei beobachtet. Man konnte sie nicht zur Einnahme von Medikamenten zwingen. Auch ich versuchte oft mit ihr zu plaudern, aber sie verschloss sich auch vor mir. Meinem Vater war bekannt, dass auch seine Schwiegermutter unter Depressionen gelitten hatte. Er und ich fragen uns deshalb, ob diese schwere Krankheit vererblich ist."

Armin war von Mitleid erfüllt. Er strich seinem Freund über die Schultern und sagte: „Herbert, es tut mir so leid, dass du keine Mutter mehr hast." „Danke, Armin, aber keiner kann es ändern. Ich leide sehr darunter, weil ich meine Mutter sehr geliebt habe, aber mein Papa leidet noch viel mehr unter dem Tod seiner Frau."

Es wurde bekannt, dass bereits ab dem Frühjahr 1950 der Bundestag die Errichtung von 1,8 Millionen Wohnungen in einem Zeitraum von sechs Jahren erbauen wollte und somit etwa 6 Millionen Menschen ein Dach über dem Kopf haben sollten. Dieses Wohnungsbauprogramm wurde mit öffentlichen Mitteln gefördert. Eine solche Neubauwohnung zu mieten, stand nur Personen mit einem Einkommen unter 600 DM monatlich zu.

Der Wohnungsbedarf lag immer noch bei etwa 3,7 Millionen. Es gab wieder nur für einen Teil der Deutschen ein neues Zuhause, vor allem Heimatvertriebene und Flüchtlinge.

Zurzeit gab es viele Kinder und Jugendliche, die nicht nur ihre Heimat, sondern auch ihre Eltern verloren hatten. Sie lebten in Waisenhäusern, auch in selbstverwalteten Dörfern. So entstanden im Ruhrgebiet die ersten Pestalozzidörfer für Bergwerkslehrlinge, in denen elternlose Auszubildende wohnen konnten.

In Berlin-Neukölln hatte man in den Ruinen einer Armeebaracke eine Unterkunft für Jugendliche errichtet. Auch an anderen Orten wurde etwas für elternlose Heranwachsende unternommen. Dies war dringend notwendig, da sich manche von den jungen Leuten bereits zu Landstreichern entwickelt hatten. Immer wieder stieß man auf Jugendliche, die weder mit ihrem Vater noch mit ihrer Mutter zusammenleben konnten und nicht einmal eine Unterkunft besaßen.

Auch in Vierhofen gab es ein dreizehnjähriges Mädchen, das keine Eltern mehr hatte. Nellys Vater war im Krieg gefallen und ihre Mutter war erst kürzlich an einem Herzinfarkt in einem Bayreuther Krankenhaus gestorben. Das Jugendamt kümmerte sich sofort um Nelly und wollte sie in ein Waisenhaus bringen, aber das Mädchen wehrte sich dagegen. Sie versuchte, woanders unterzukommen. Dabei dachte sie an Friedrich König, den Bruder ihrer Mutter, Marias Mann. Die beiden waren kinderlos geblieben. Friedrich war bereit, seine Nichte aufzunehmen, aber er war nicht freundlich zu ihr, weil ihre schulischen Leistungen zu wünschen übrig ließen. Dagegen war ihre Pflegemutter sehr verständnisvoll und erleichterte dem Mädchen das Dasein.

Als die Jugendliche eine sehr schlechte Deutschnote heimbrachte, wurde sie von ihrem Onkel so verprügelt, dass ihr ganzer Rücken Striemen aufwies. Zwei Tage lang ging Nelly daraufhin nicht zur Schule, ohne sich zu entschuldigen. Maria, ihre Pflegemutter, holte dies nach und erklärte dem Lehrer, dass ihre Pflegetochter krank gewesen sei. Anschließend suchte sie mit dem Mädchen den Arzt auf und gestand diesem die Tat ihres Mannes. Er riet ihr, diesen sofort anzuzeigen, aber Maria lehnte dies ab, weil sie befürchtete, Friedrich würde Nelly womöglich wegschicken, sodass sich das Jugendamt um die Waise kümmern würde und sie womöglich doch in einem Heim landete.

Maria sprach jetzt ernsthaft mit ihrem Mann darüber, dass er Nelly nicht mehr schlagen dürfe und mit ihr Frieden schließen müsse, sonst würde sie ihn gemeinsam mit dem Mädchen für immer verlassen.

Friedrich begriff die Ernsthaftigkeit der Lage und besserte sich. Er akzeptierte künftig Nelly so wie sie war, auch wenn sie keine besseren Leistungen bringen konnte. Jetzt hatte das Mädchen weiterhin ein Zuhause bei den Königs. Es bestand für sie keine Gefahr, in ein Heim gehen zu müssen. Maria sorgte auch dafür, dass sich ihr Pflegekind bei ihnen wohlfühlte.

Es ergab sich bald Kontakt mit den Nachbarn, den Brunners. Besonders Armin freute sich über Nellys Besuche, die jetzt ein paarmal in der Woche stattfanden. Bei ihren Spielen schlossen sie auch Monika ein, die darüber glücklich war.

Zwischen Herbert und Armin hatte es kürzlich Streit gegeben. Herbert war über seinen Freund zu Recht verärgert. und die beiden hatten sich einige Wochen nicht mehr gesehen. Armin hoffte aus tiefster Seele, dass ihm Herbert das ungehörige Verhalten verzeihen würde und sie wieder zusammen sein konnten.

An einem wunderschönen Sommertag suchte Emmi mit ihrer Tochter den Wald auf, um Heidelbeeren zu pflücken. Sie entdeckte nicht weit von ihnen entfernt einen Mann, der ebenfalls Beeren sammelte. Er sah auf einmal zu ihnen herüber und lächelte. Dann plötzlich stand er vor ihnen und blickte in das Eimerchen, das bereits halb voll war. „Oh, Sie und Ihr Töchterchen waren ja schon sehr fleißig. Wollen Sie die Beeren einwecken?" sprach er Emmi an.

„Ja", erwiderte sie. „Und was machen Sie damit?"

„Essen, nur essen werde ich sie. Ich habe so einen Heißhunger darauf, einen Nachholbedarf an Obst. Wissen Sie, ich war lange in Gefangenschaft und habe nur spärlich zu essen bekommen. Ich bin erst seit letzter Woche hier."

Emmi wurde sehr neugierig. „Wo waren Sie in Gefangenschaft?"

„In Frankreich. Beinahe hätten sie mich dort behalten. Sie haben dringend jemand in der Bäckerei benötigt und waren unterbesetzt. Da kam ich ihnen gerade recht. Ich musste schon um 4 Uhr aufstehen und bis zum Abend durcharbeiten. Ich bekam zwischendurch nur einen Imbiss, ein Wurstbrötchen, und einen Tee. An einem Tag war ich in der Bäckerei total überarbeitet. Ich habe am Abend geweint und am nächsten Tag zum Bäcker gesagt: Wenn ihr mich nicht freigebt, dann will ich nicht mehr weiterleben. Hier halte ich es nicht mehr aus. Ich habe so große Sehnsucht nach meiner Heimat und ihr meint, dass ihr ein Recht auf mich habt? Ich bin keine Maschine, die man x-beliebig einsetzen kann. Ich bin ein Mensch aus Fleisch und Blut. Der Bäcker hatte geantwortet: Sie sind ein Kriegsgefangener und Sie haben zu tun, was ich bestimme. Sonst werde ich Sie wieder mit diesem Stock hier verprügeln. Sie haben mir Gehorsam zu leisten, sonst melde ich Sie. Ich habe das Recht dazu. Er nahm den Stecken in die Hand und drohte mir. Ich wurde daraufhin rebellisch: Das wagen Sie nicht. Hören Sie mal, bin ich etwa Ihr Sklave? Lassen Sie mich augenblicklich gehen, sonst werde ich…Ich habe nicht weitergesprochen, weil die Tochter des Bäckers plötzlich zur Tür hereinkam. Sie begriff schnell die Situation, riss dem Vater den Stock aus der Hand und schimpfte: Papa, jetzt muss endlich Schluss damit sein. Lass diesen Mann gehen. Er hat dir doch nichts getan. Der Bäcker donnerte los: Ich brauche ihn hier dringend. Und du hast nichts zu sagen. Er ist ein Kriegsverbrecher und er muss büßen. Die Tochter erwiderte: Weißt

du, was er getan hat? Er hat sich bestimmt nur selbst verteidigt. Wütend schrie der Vater: Woher willst du das wissen. Schweig jetzt, sonst ziehe ich dir mit dem Stock eins über...Der Streit zwischen den beiden ging weiter und ich habe die Gelegenheit zum Flüchten genutzt...."

Nachdem der Fremde Emmi das erzählt hatte, atmete er aufgeregt ein, dann wieder aus. Er fuhr sich über die Stirn, als wollte er damit andeuten, dass diese scheußliche Erfahrung auf ewig in seinem Kopf verankert bleiben würde.

Emmi blickte ihn mitleidig an und flüsterte: „Da haben sie Schlimmes erlebt. - Stellen Sie sich vor, mein Mann ist noch nicht vom Krieg zurückgekommen. Vielleicht hat er auch so eine Situation wie Sie erlebt."

„Hm", brummte der ehemalige Soldat. „Das sieht ja traurig für Sie aus, aber an Ihrer Stelle würde ich weiterhoffen."

„Ich hoffe, dass er nicht in russischer Gefangenschaft gelandet ist. Über die Behandlung dieser Soldaten habe ich Schlimmes gehört."

„Ich auch", entgegnete der Fremde. –„Ich möchte mich erst einmal bei Ihnen vorstellen: Mein Name ist Jakob Ellner."

„Ich heiße Emmi Brunner."

„ Sie haben ein reizendes Töchterchen."

Monika verdrehte die Augen, als sie das hörte und begann mit den Füßen zu trampeln. Dann sah sie zu dem Fremden hinüber und erklärte: „Wir müssen heim. Meine Mutti hat viel Arbeit. Die Beeren müssen eingeweckt werden."

Jakob Ellner lächelte und Emmi grinste. „Da hören Sie, was für ein reizendes Töchterchen ich habe. Sie gibt bereits an, was zu tun ist."

„Dann will ich Sie nicht aufhalten."

„Ach was, Sie halten mich doch nicht auf. Es ist so interessant, mit Ihnen zu reden."

„Aber jetzt gehen wir", sagte Monika leise.

Emmi wurde ärgerlich: „Was ich tun will, bestimme immer noch ich selbst", wies sie ihre Tochter zurecht.

Jetzt verabredete sie sich mit Jakob Ellner für Dienstag, 14 Uhr zu einem Spaziergang. Sie spürte bald, dass sie für diesen Mann Sympathie empfand, was wohl auf Gegenseitigkeit beruhte.

Es stellte sich heraus, dass Jakob ledig war und bei seiner Mutter im Haus wohnte, doch er hatte ein eigenes Apartment.

Auf dem gemeinsamen Spaziergang mit Emmi redete er viel über den Krieg. „Ich wurde 1939 eingezogen. Davor war ich Porzellanmaler in einer Selber Manufaktur", teilte er seiner neuen Freundin mit.

„Vielleicht bei *Walther-Porzellan?*", erkundigte sie sich.

„Ja. Woher wissen Sie das?"

„Mein Mann hat dort gearbeitet."

Jakob lächelte. „Dann waren wir möglicherweise Kollegen. Aber ich habe keinen Mann mit Namen Brunner gekannt."

„Er heißt mit Vornamen Fridolin."

„Ich kann mich auch an keinen Fridolin erinnern."

Emmi zuckte mit den Schultern.

Bei einem zweiten Spaziergang boten Emmi und Jakob einander das *Du* an. Emmi lud den neuen Freund zu einem Abendessen ein. Erst presste er seine Lippen fest zusammen, dann sagte er: „Emmi, mir kommen Bedenken, dass deine Kinder etwas gegen mich haben könnten. Ich bin für sie ein Fremder."

Emmi erwiderte: „Es hat doch keiner etwas gegen dich."

„Gut, wenn du es so haben möchtest, komme ich. Ich freue mich darauf, deinen Sohn kennenzulernen."

Als sich Jakob an den Esstisch setzte, lächelten ihm die Kinder aufmunternd zu.

Nach der Mahlzeit erhob sich Armin und äußerte, dass er noch Hausaufgaben zu machen habe.

„Später, Armin. Jetzt haben wir Besuch", brachte seine Mutter den Einwand."

„Es ist *dein* Besuch, Mama."

„Ja, es ist dein Besuch, Mutti", äußerte sich auch Monika und erhob sich ebenfalls.

Emmi sprang erregt auf. „Was seid ihr für unhöfliche Kinder. Setzt euch wieder hin."

„Der Onkel soll gehen", äußerte das Mädchen mit einem feindseligen Blick.

„Das ist eine Unverschämtheit, Moni. Du entschuldigst dich bei Herrn Ellner und zwar sofort."

„Er heißt Jakob wie der Vogel meiner Freundin", bemerkte Monika, woraufhin Emmi wütend wurde.

„Monika, du gehst jetzt in dein Zimmer und schreibst fünfzig Mal: Ich darf einen Gast nicht beleidigen."

„Ich …. Ich kann das noch nicht schreiben."

„Dann kann dir Armin helfen. – Also, geht schon."

Nachdem sie draußen waren, lächelte Jakob Emmi schüchtern an und meinte: „Emmi, war das jetzt nötig? Meinetwegen musst du deine Kinder nicht so quälen. Ich bedeute ihnen doch nichts. Das finde ich verständlich."

„Sie müssen lernen, zu einem Gast nett zu sein."

„Du musst ihr Gefühl mit einschließen. Ich bin ein fremder Mann für sie und nicht ihr Vater. Bitte, verletze deine Kinder meinetwegen nicht. Es ist besser, ich gehe jetzt. Danke für diese köstliche Mahlzeit. Wir sehen uns bald wieder, wenn du möchtest."

„Ja, das möchte ich gerne."

Emmi sprach mit ihren Kindern, nachdem Jakob gegangen war. Armin tat seine Gefühle kund: „Mama, ich habe Angst."

„Wovor hast du Angst, mein Junge?"

„Davor, dass du diesen Mann heiratest. Und wenn Papa zurückkommt, hast du zwei Männer und wir zwei Väter. Nein, das darfst du nicht tun, Mama."

Emmis Gesicht war blass geworden. Sie tat einen tiefen Seufzer, ehe sie sagte:„Armin, ich habe doch nie behauptet, dass ich Jakob heiraten möchte. Er ist mein Freund und kann es bleiben, solange er möchte. Wir haben so viele Gespräche miteinander. Sie tun mir so gut."

„Aber Mama, du hast doch Frau König."

„Ja, ich rede auch gerne mit Maria und treffe mich weiterhin mit ihr. Sie hat nicht solche Gedankengänge wie Jakob. Ist ja auch gut so. - Ich wünsche mir doch auch sehnlichst, dass euer Vater wieder bei uns ist. Ich denke, er lebt nicht mehr, sonst hätte er mir längst eine Nachricht zukommen lassen."

Monika stand daneben und weinte. „Ich will diesen Mann nicht mehr sehen", klagte sie.

„Musst du auch nicht, meine Kleine. Beruhigt euch bitte wieder. Ich lade ihn vorläufig nicht mehr ein, sondern gehe mit ihm spazieren und…" Plötzlich schluchzte auch Emmi und nahm ihre beiden Kinder in die Arme. „Dieser Krieg hat unsere Familie kaputt gemacht", jammerte sie leise.

Emmi und Jakob trafen sich aufs Neue zu einem Spaziergang. Es gab wieder viel zu reden. Sie stellte fest, dass Jakob auch Humor besaß. Das gefiel ihr. Er erzählte heute von seiner Kindheit in Ulm. Er musste über sich selbst lachen. Auch sie wusste von ihrer Kindheit in Berlin zu berichten. Jakob räusperte sich erst, ehe er äußerte: „Ich möchte dich meiner Mutter vorstellen. Sie sagt, sie möchte dich auch kennenlernen."

„Das möchte ich auch gerne, deine Mutter kennenlernen", erwiderte Emmi.

„Dann passt das prima", gab Jakob zu verstehen. Er teilte ihr jetzt mit, dass er wieder eine Stelle gefunden habe. „Ich kann wieder in meiner alten Firma arbeiten. Ist das nicht wundervoll?"

„Das finde ich auch", erwiderte Emmi und lächelte ihn an.

Beiden war bekannt, dass zurzeit 2 Millionen Menschen arbeitslos waren. Bei vielen von ihnen machte sich Verzweiflung breit. Die Unterstützung, die sie erhielten, reichte nicht einmal für das Nötigste. Emmi hatte inzwischen einige Menschen kennengelernt, denen das Geld nicht zum Leben reichte. Ihr selbst ging es jetzt einigermaßen gut, seitdem sie eine Gehaltserhöhung bekommen hatte und befördert worden war.

Der Wirtschaft ging es durch die kriegsbedingte Zerstörung und durch Demontagen von Produktionsstätten schlecht. Außerdem kamen jetzt die geburtenstarken Jahrgänge ins Berufsleben und nur wenige Menschen konnten in der Industrie, im Handel und Verkehr oder in anderen Sparten eine Stelle finden. Unproduktive Arbeitsplätze wurden jetzt abgebaut. Die Parteien debattierten über die Dringlichkeit neuer Maßnahmen. Bundeskanzler Konrad Adenauer hatte bereits seine Mithilfe zugesagt, indem er der Wirtschaft einige Millionen DM zur Verfügung stellen wollte.

Weil es um die deutsche Wirtschaft so schlecht stand, hatten viele Deutsche den Wunsch zum

Auswandern. Zu den beliebtesten Auswanderländern zählten die USA, Australien und Brasilien. Australien und Kanada nahmen nur Emigranten auf, die Verwandte in der neuen Heimat hatten.

Margarete schrieb an Emmi, dass plötzlich auch ihre Eltern darauf drängten, mit ihr in die USA auszuwandern. Sie jedoch wolle das nicht. „Nein, ich bleibe hier, habe ich zu ihnen gesagt. Ihr seid zu alt und gebrechlich, um euch auf eine Schiffs- oder Flugreise zu begeben. Außerdem warst du sehr krank, Mama. Und was sollte euch das bringen, noch einmal neu anzufangen? Ihr würdet nicht einmal die lange Reise überstehen. Bitte, bleibt hier bei mir", bat ich meine Eltern. Sie meinten, dass sie es mir zuliebe tun würden, damit ich endlich weiterkäme. Ich habe erwidert: Irgendwann wird es auch bei mir weitergehen. Ich komme nicht mit. Bleibt hier, dann helfe ich euch. Seid ihr aber in den USA, wird keiner etwas für euch tun. Dann seid ihr arm dran.

Was sagst du dazu, liebe Emmi? Ich kann meine Eltern in dieser Hinsicht nicht verstehen. Sie meinen, dass sie es mir zuliebe tun würden, aber ich will das doch nicht. – Ich grüße Euch alle sehr herzlich bis zum nächsten Mal. Eure Margarete."

Auch Armin durfte die Zeilen Margaretes wieder lesen, aber er kam nur zu den ersten drei Sätzen, als jemand an der Haustürglocke läutete. Armin öffnete und staunte sehr darüber, dass sein Freund Herbert vor der Tür stand, mit dem es Streit gegeben hatte. Er sagte: „Ich habe mein Spiel dabei. Hättest du Lust, es wieder einmal mit mir zu spielen?" „Ja, sehr gerne. Trägst du mir denn auch wirklich nichts mehr nach?" „Nein. Mein Vater hat mir zugeredet und gemeint, dass man nicht nur einmal, sondern hundertmal verzeihen muss." Armin lachte. „Na, da kann ich dich ja noch neunundneunzig Mal beleidigen."

Sie amüsierten sich beide über diesen Scherz und waren wieder die besten Freunde. Für Armin war es wie ein Wunder, dass Herbert ihm so schnell wieder verziehen hatte. Damit hatte er nicht gerechnet.

Herbert sprach noch einmal mit seinem Freund darüber, dass seine Mutter verstorben war. „Ich habe dir doch gesagt, dass sie sich das Leben genommen hat. Keiner konnte ihr helfen, kein Arzt, nicht einmal mein Vater. Depressionen sind besonders schlimm, finde ich."

Herbert wollte weitersprechen, aber als es läutete, mussten sie ihr Gespräch abbrechen. Nelly war gekommen und wollte auch mitspielen. Es stellte sich gleich heraus, dass sie mehr Allgemeinwissen besaß als die beiden Jungen, die sich darüber wunderten. Aber Nelly bildete sich nichts darauf ein. Sie war ein natürliches und fröhliches Mädchen. Es gab mit ihr viel zu lachen. Sie freute sich darüber, auch zu Herbert Anschluss zu haben.

Als Armin einmal alleine daheim war, kam Nelly und versuchte ihn zu küssen, worauf er tobte: „Lass das. Ich mag dieses Geschmuse nicht." Daraufhin erwiderte das Mädchen beleidigt. „Ich habe ja keine Ahnung davon gehabt, dass du unterentwickelt bist." „Unterentwickelt? Das bin ich sicher nicht, aber du bist überentwickelt und frühreif." Nelly lachte zynisch und als Emmi zur Tür hereinkam, lief sie davon.

„Warum ist sie jetzt gegangen?", wollte die Mutter wissen, worauf Armin nur die Schultern zuckte und so tat, als wüsste er es nicht.

Meistens war Monika nicht da, wenn Nelly kam. Sie war neuerdings mit einer Mitschülerin ihrer Klasse befreundet, mit Nora. Das Mädchen war die Jüngste von drei Geschwistern, deren Eltern Inhaber eines Schuhgeschäftes waren. Eines Tages kam Monika mit neuen Schuhen heim. Emmi fragte sie: „Moni, was soll das? Von wem hast du die?" „Von Noras Eltern. Die habe ich mir ausgesucht und du brauchst sie nur noch zu bezahlen, Mutti."

Emmi war verblüfft. „Das hättest du mit mir absprechen müssen! Oder wir hätten sie zusammen besorgen können. Du kannst doch nicht einfach…" „Doch, ich kann", erwiderte Monika selbstsicher. Emmi stellte fest, dass ihre Tochter, seitdem sie zur Schule ging, viel zu kess geworden war. Auch Armin bekam diese Situation mit. Er flüsterte seiner Mutter zu: „So entwickeln sich kleine Mädchen." Emmi musste lachen und erwiderte:„Und wie entwickeln sich kleine Jungen?" „Gut. Oder hast du an mir was auszusetzen?" „An allen Kindern hat man etwas auszusetzen, auch an Erwachsenen. Im Großen und Ganzen bist du ein ordentlicher und gescheiter Junge, aber kein perfekter."

„Mama, du sagst doch selbst, dass kein Mensch perfekt sein muss. Wie hast du selber gesagt? Nobody is perfect. Das ist Englisch, nicht wahr?"

„Ja."

Emmi beglich jetzt im Schuhgeschäft die Rechnung für Monikas Schuhe. Sie selbst suchte sich dort auch noch welche aus: ein Paar schwarze Slipper. Das waren flache Schlupfschuhe, die zurzeit vor allem gerne von der weiblichen Jugend getragen wurden. Emmi bekam auf alles einen Rabatt von 30 %, weil Nora, die Tochter der Familie, mit Monika befreundet war. Emmi kam dann auch noch mit Armin vorbei, weil auch er ein Paar neue Schuhe erhalten sollte.

Emmi fand Noras Familie, die Kurzers, sehr nett. Sie waren als Ausgebombte aus Bayreuth gekommen.

Emmi freundete sich mit Erika Kurzer an. Die beiden trafen sich öfter zu einem Spaziergang. Einmal lud Erika Emmi zu einer Fahrt nach Bamberg ein. So fuhren sie an einem Nachmittag mit Kurzers VW dorthin. Von da an lud Erika ihre Freundin öfter zu einer Tour mit dem Auto ein.

Mit Jakob besuchte Emmi seine Mutter in einem ziemlich heruntergekommenen Altbau. Auch Jakob hatte in diesem Haus ein Zimmer mit Küche, Bad und Toilette. Das Bad, das man neu eingebaut hatte, benutzte auch seine Mutter.

Emmi fand Frau Ellner sympathisch. Etwas störte sie an ihr: Sie war neugierig.

Erst mit vierzig Jahren hatte sie Jakob geboren. Zwei Jahre davor hatte sie eine Todgeburt gehabt. Es war ein Mädchen gewesen. Jakobs Vater war vor fünf Jahren an einer Lungenentzündung in einem Ulmer Krankenhaus verstorben. Die Familie war danach nach Oberfranken gezogen. Hier hatten sie Bekannte aus vergangenen Zeiten.

Jakob hatte Emmi bereits von der Todgeburt des Mädchens erzählt.

Frau Ellner bot dem Gast an, noch zum Abendessen zu bleiben, aber Emmi hatte es plötzlich eilig, heim zu kommen. Sie dachte an ihre Kinder, die auch auf ein Essen warteten.

Sie fand Frau Ellner sehr unterhaltsam. Sie nahm deren Vorschlag, wieder einmal vorbei zu kommen, an. Eine Woche später besuchte Emmi sie ohne Jakob. Bei diesem Besuch war die Gastgeberin nicht mehr nett. Warum plötzlich der Gesinnungswandel der älteren Dame? Diese äußerte mit ihrer tiefen Stimme: „Ich habe erfahren, dass Sie verheiratet sind, zwei Kinder haben und auf Ihren Mann warten."

Emmi war davon überzeugt, dass dies der Grund für Frau Ellners Unfreundlichkeit war.

„Ja, es ist so, aber dürfen wir deshalb keine Freunde sein?", richtete Emmi die Frage an Frau Ellner.

„Ich verbiete Ihnen, Jakob zu heiraten."

„Das will ich ja gar nicht. Ich warte auf meinen Mann."

„Dann lassen Sie bitte Jakob los. Er meint es so ernst mit Ihnen. Er hofft, dass Ihr Mann nicht mehr zurückkehrt. Und wenn doch?"

„Sollte ich also nicht mit ihm befreundet sein?"

„Nein! Er macht sich falsche Hoffnungen, mein Jakob."

Emmi seufzte. „Er ist alt genug, um zu entscheiden, wen er treffen möchte."

„Suchen Sie sich doch einen anderen Mann, dem Sie den Kopf verdrehen können. Sie sind ja so kaltschnäuzig und gefühllos."

„Sie verkennen mich. So bin ich nicht."

Frau Ellner biss sich auf die Lippen und überlegte, dass sie damit zu weit gegangen war. Emmi fand es an der Zeit, sich zu verabschieden, damit dieser Streit nicht noch eskalieren würde. Sie reichte der Mutter ihres Freundes höflich die Hand und verließ sie mit anderen Gefühlen als bei ihrem ersten Besuch.

Jakobs Kommentar, als Emmi es ihm erzählte, war kurz: „Sie sollte wirklich wissen, dass sie sich nicht einmischen darf."

6

Margarete teilte Emmi in ihrem Brief mit, dass sie jetzt in einem Lebensmittelgeschäft als Verkäuferin arbeite.

„Ich besitze jetzt ein Fahrzeug, einen Lambretta-Motorroller von NSU, den es noch nicht lange gibt. Täglich fahre ich damit zu meinem Arbeitsplatz nach Reinickendorf. Ich bin so glücklich darüber, dass ich mobil sein kann.

Von der DDR höre ich nichts Gutes. Der verstärkte Druck in diesem Staat löst eine Massenflucht in den Westen aus. Die deutsch-deutsche Grenze wird jetzt von der DDR schwer bewacht. Dennoch gelang es wieder vielen Menschen, in den Westen zu kommen. Man behauptet, das seien täglich beinahe tausend Flüchtende, was ich anzweifle. Es würden auch schon hundert reichen. Selbst prominente Politiker und Künstler kommen nicht mehr in die DDR zurück, wenn sie einmal im Westen gewesen sind. Zeugt das nicht davon, dass da drüben alles falsch gemacht wird?

Jetzt redet man über die Militarisierung der DDR-Volkspolizei, aber die Regierungen der drei Westmächte protestieren dagegen. Die DDR lässt sich jedoch nicht in ihre Pläne reinreden. Was wird noch aus diesem Staat werden? Ich habe so eine Wut im Bauch. Ich habe ein Foto gesehen, auf dem die Volkspolizei mit Karabinern ausgestattet ist. Da kriegt man ja Angst davor. Du musst bedenken: Sie wollen verhindern, dass DDR-Bewohner in den Westen fliehen. t. Könnte ja sein, dass sie die Fliehenden bestrafen wollen, wenn sie sie auf frischer Tat ertappen.

Emmi, eine Neuigkeit muss ich dir mitteilen, die mich besonders erfreut: Berlin ist wieder Messestadt geworden. Theodor Heuss, unser Bundespräsident, hat gerade die *Deutsche Industrieausstellung* eröffnet.

Gestern war ich im Kino. Es gibt wieder herrliche Filme. Die Operettenverfilmung *Schwarzwaldmädel* habe ich gesehen. Wundervoll, sag ich Dir. Es ist eine Liebesgeschichte. *Sonja Ziemann* spielt das Schwarzwaldmädel, das Bärbele. Sie ist großartig darin. *Rudolf Prack* spielt den Studenten Hans Fichtner. Er hat auch großes Talent. Es ist eine rührende Geschichte. Diesen Film könnte ich dir empfehlen. Worauf ich mich jetzt freue: Wir werden uns einen Fernseher anschaffen. Mein Papa hat das Mama und mir schon versprochen. Es muss ein billiges Gerät sein, denn viel Geld haben wir nicht.

Liebe Emmi, ich bin immer noch wie ein Teenager. Ich habe großes Interesse an den Filmstars. Ich hänge mir die Bilder an die Wand. Vor allem schwärme ich für Rudolf Prack, diesem Liebhaber. So einen Mann möchte ich kennenlernen. Bis jetzt bin ich nur solchen Männern begegnet, die gleich alles von mir haben wollten.

Liebe Emmi, mein geliebtes KaDeWe, das Du doch auch gekannt hast und in dem du auch einkaufen gegangen bist, ist jetzt wieder an seinem alten Platz. Neuerstanden aus Ruinen. Es war doch abgebrannt. In nächster Zeit werde ich dort wieder einkaufen gehen.

Sei tausendmal gegrüßt und umarmt von Deiner Cousine Margarete. Auch von meinen Eltern liebe Grüße. Sie wollen nicht mehr nach Amerika auswandern. Da fällt mir ein Stein vom Herzen. Grüße auch Monika und Armin von mir. Nochmal herzlichst! Deine Margarete."

An Margarete schrieb Emmi, dass sie einen Mann kennengelernt habe, der erst seit drei Wochen vom Krieg zurückgekehrt sei. „Wir sind nur Freunde und unterhalten uns viel, auch über seine Erlebnisse im Krieg. - Ich warte immer noch auf Fridolin. Obwohl ich daran zweifle, dass er zurückkehren wird, finde ich doch, dass noch ein Funke Hoffnung besteht, dass er doch heimkommen wird."

Weiterhin pflegte Emmi die Freundschaft zu Jakob. Sie hatte jedoch keine Lust mehr, seine Mutter zu besuchen. Bei schlechtem Wetter setzten sie sich in Jakobs kleines Wohnzimmer und tranken Kaffee oder ein Glas Wein. Einmal legte er bei dieser Gelegenheit den Arm um sie. Es war für Emmi ein sehr angenehmes Gefühl.

Armin fragte seine Mutter: „Du wirst ihn doch heiraten wollen, nicht wahr?" Daraufhin schwieg Emmi. Sie wollte nicht mit ihren Kindern über Jakob debattieren.

Jakob sprach einmal mit Emmi über seine Mutter: „Mach dir weiter keine Gedanken über sie. Mütter sind immer sehr um ihre Söhne besorgt, besonders, wenn sie nur einen haben und er lange in Kriegsgefangenschaft war. Sie hatte große Angst, ich würde nie mehr zurückkehren. Und eines Tages war ich doch wieder bei ihr daheim. Dieses Glück musst du dir vorstellen, liebe Emmi."

„Ich kann es mir gut vorstellen", erwiderte sie. „Sie liebt dich sehr, deine Mutter. Sag ihr, dass ich ihr dich nicht wegnehmen will."

„Ja, das werde ich ihr sagen."

Jakob hätte Emmi schon gerne als Ehefrau gehabt, aber er wusste, dass dies hoffnungslos war, weil sie auf ihren Ehemann wartete. Er hatte von Anfang an achtgeben wollen, sich nicht in sie zu verlieben, aber leider war es geschehen. Seine Gefühle hatten ihn regelrecht übermannt. Es war unmöglich, sich die Liebe wieder aus dem Herzen zu reißen. Gerne hätte er gewusst, was Emmi fühlte. Sie hielt sich mit Worten zurück. Er wagte nicht, sie zu fragen.

Die Konfrontation mit Jakobs Mutter konnte Emmi wieder vergessen, hatten sie doch seine Worte beruhigen können. Emmi fand es so schön, mit Jakob irgendwo sitzen zu können, doch draußen in der Natur war es zu kühl. Deshalb saßen sie oft in seinem kuscheligen Wohnzimmer. Einmal, als sie noch auf einer Bank im Freien gesessen waren, hatte Jakob plötzlich seine Jacke ausgezogen und sie über ihre Schultern gelegt. Was für eine rührende Geste!

„Danke, Jakob. Jetzt wirst du aber frieren."

„Nein! Der Krieg hat mich abgehärtet. Weißt du was? Ich lade dich jetzt ins Café ein."

„Gerne. Danke für deine Einladung."

Ab und zu lud Jakob sie entweder ins Café *Sonnenblick* oder in das *Porzellanstübchen,* das ein gemütliches kleines Lokal war, ein. Dort waren hübsche kleine Porzellantässchen, Tellerchen und Figürchen ausgestellt, die man auch kaufen konnte.

Ein Gedanke beschäftigte Emmi seit einiger Zeit. Sie hatte oft schon darüber sinniert, wie sich Jakob gefühlt haben mochte, als er im Krieg auf Menschen geschossen hatte. Sie erkundigte sich bei ihm.

Jakob machte erst ein ziemlich betroffenes Gesicht und schwieg eine Weile. Ihm schossen viele Situationen durch den Kopf, die er erlebt hatte. Er antwortete leise: „Ich habe mich schlecht gefühlt, obwohl es meine Pflicht war zu schießen. Den Gegnern könnte es ähnlich ergangen sein. Und was im Schützengraben geschehen ist, war schauderhaft. Köpfe sind gerollt. Ich habe geschrien."

Emmi verzog das Gesicht. „Hast du wirklich Soldaten mit deinem Gewehr getroffen? Jakob, wenn du nicht willst, musst du nicht darüber reden."

„Ich bin sehr vorsichtig damit umgegangen. Im Krieg muss man jedoch schießen, bevor man selbst erschossen wird. Dass mir gegenüber alle Feinde waren, war für mich ohnehin nicht leicht zu begreifen, aber ich musste mitmachen in diesem scheußlichen Krieg."

Emmi nickte. „Was wäre, wenn keiner hinginge?"

„Dann gäbe es keinen Krieg Das ist leicht gesagt, kommt aber nicht vor. Alle Soldaten folgten Hitler. Wer sich weigerte, wurde erschossen. Hitler hat geglaubt, wir alle sind sein Eigentum, seine Sklaven. Ich habe viel mit Ellmar, meinem Kameraden, diskutiert. Hätte ich ihn nicht gehabt, wäre ich noch einsamer gewesen. Wir haben beide zusammengehalten. Einmal wollten wir türmen. Hätten wir es getan, wären wir wahrscheinlich jetzt nicht mehr am Leben. So haben wir durchgehalten und unermessliches Glück gehabt."

Emmi dachte plötzlich wieder an ihren Fridolin. Sie brach in Tränen aus. Jakob meinte, er sei schuld daran, weil er ihr so ausführlich erzählt hatte.

„Nein, das bist du nicht. Ich wollte es doch unbedingt wissen. Wie schlimm das gewesen ist, habe ich mir schon in etwa vorstellen können."

„Emmi, das kann man sich nicht vorstellen, wenn man es nicht selbst erlebt."

Jakob verstand, dass sie traurig darüber war, dass ihr Mann nicht mehr heimgekommen war und womöglich nie mehr kommen würde.

„Tut mir das leid, Emmi", erwiderte er. „So viel Glück wie ich haben nicht alle. Ich wünschte, dein Mann hätte es auch. Als ich heimkam, hat sich meine Mutter mir in die Arme geworfen und aus Freude geweint."

„Ich verstehe das gut. Deine Mutter hat dich sehr lieb."

„Ja, das hat sie. Trotzdem sollte sie mich nicht so an sich binden."

Sie schwiegen jetzt beide eine Weile, bis Jakob meinte:„Ich hoffe, wir Deutschen erleben keinen Krieg mehr, obwohl es beinahe überall in unserer Welt so feindselig zugeht."

Sie spazierten zum Ort zurück und verabschiedeten sich voneinander. Nachdenklich ging Emmi heim. Armin fragte schon wieder einmal, wo sie gewesen sei. Als sie es sagte, blickte er bekümmert. Er hatte womöglich immer noch Angst, dass sie Jakob heiraten würde.

Gefühlsmäßig war Emmis Herz geteilt. Sie sehnte sich nach Fridolin, empfand aber auch für Jakob Zuneigung. Er kam ihr immer näher und küsste sie öfter. Sollte sie sich gegen seine Liebe wehren? Einmal versuchte er, ihr etwas zu erklären, aber er brach mitten im Satz ab.

Emmis Welt veränderte sich allmählich. Es herrschte Unruhe in ihrem Leben. Sie schlief schlecht, weil sie nicht wusste, wie es mit Jakob weitergehen würde. Manchmal war sie zu ihren Kindern unfreundlich. Dabei war sie ein Mensch, der sonst Harmonie verbreitete und sie auch selbst benötigte.

Über ihre Kinder dachte sie momentan oft nach. Auch sie hatten sich verändert. Emmi glaubte, dass zumindest Armin vernünftiger geworden war. Von Monika konnte sie das nicht sagen. Oft musste sie sich über sie ärgern. Die Mutter stellte fest, dass ihre Kinder mehr Anschluss als früher hatten. Das fand sie positiv.

Nelly kam oft herüber, aber nie mehr hatte sie den Versuch unternommen, Armin zu küssen. Mittlerweile beschäftigte sie sich auch mit Monika. Sie nahm deren Lesebuch und bat die ABC-Schützin, ihr etwas daraus vorzulesen. Das Mädchen klagte daraufhin: „Ich muss doch erst die Buchstaben lernen. Wie soll ich da lesen können, wenn ich sie noch nicht alle kenne?" „Aber du kennst doch schon einige und kannst es versuchen. Das ist schon für später eine gute Übung. Zeig doch mal deine Hausaufgaben."

Monika wurde bockig. „Wozu? Ich will das nicht. Du bist nicht meine Mutter und auch nicht meine Lehrerin."

Seit Tagen stritten Nelly und Monika öfter. Das kleine Mädchen wusste sich durchzusetzen oder sie protestierte gegen etwas, das ihr nicht zusagen wollte. Manchmal wurde Nelly sogar wütend, weil die Kleine alles ablehnte, was von ihr kam. Dieses eigenwillige Persönchen konnte so laut schreien, dass meistens die Mutter herbeieilte und sich erkundigte, was los sei. Nelly erklärte Emmi, dass sie Monika etwas beibringen wollte, was diese für die Schule benötigen könne, aber Monika sperre sich gegen alles, was sie vorzuschlagen habe. Die Mutter riet ihrem Kind, nicht so widerspenstig zu sein, sondern offen zu bleiben für Nellys Vorschläge. Sie fand es sehr gut, dass Nelly mit ihrer Tochter für die Schule arbeitete.

Armin mischte sich nie in die Angelegenheiten der beiden ein. Er sah aus seiner Hausaufgabenecke zu, als sei er im Theater und erlebe dort eine Komödie.

Nellys Leistungen in der Schule wurden allmählich besser. Darüber freute sich ihre Pflegemutter Maria sehr. Friedrich als Pflegevater hatte jetzt keine Veranlassung mehr, Nelly zu tadeln. Er hatte sie nie mehr geschlagen und nahm sich auch vor, es nie wieder zu tun.

Das Mädchen entwickelte auf einmal großen Eifer, weil es sich Herbert, den Klassenbesten, zum Vorbild nahm und auch etwas für ihn schwärmte.

Maria dachte, dass ihr Pflegekind eines Tages aufs Gymnasium gehen und das Abitur schaffen könne. Friedrich glaubte das nicht. Er war zu seiner Pflegetochter zwar freundlich, aber zurückhaltend. Maria verstand sich gut mit Nelly und nahm sie oft zum Einkaufen mit. Sie hätte gerne gewusst, welchen Beruf sich das Mädchen einmal aussuchen würde. Nelly lächelte dazu nur und erwiderte: „Habe ich nicht schon gesagt, dass ich, wie meine Tante, eine große Sängerin werden will?"

„Von ihr hast du nie was erzählt. Wo lebt sie?"

„Sie hat in Frankfurt gelebt und ist leider im Krieg umgekommen. Sie war Jüdin und sie haben sie ins Konzentrationslager gesteckt. Meine arme, arme Tante. Sie wollte mich fördern."

„Tut mir das leid", meinte Maria. „Wir sind leider arm und können dich nicht fördern. Gesangs-

stunden sind teuer. Du hast wirklich eine wunder-
volle Stimme. Ich habe dich schon einmal in der
Badewanne gehört. Ach Nelly, du darfst nicht zu
hoch hinaus."

„Hm", machte Nelly und meinte, wenn sie alt
genug sei, wolle sie sich das Geld für die Gesangs-
stunden selbst verdienen.

„Nun mache erst mal dein Abitur, Nelly. Dann
kannst du dich für einen Beruf frei entscheiden."

Nelly verzog das Gesicht und erwiderte trotzig:
„Wozu brauche ich ein Abitur, wenn ich Sängerin
werden will?"

Nelly hatte viele Tagträume. Sie war froh, bei
den Königs bleiben zu dürfen, auch wenn es manches bei ihnen nicht gab, vor allem keinen Wohl-
stand. Was sie dort fand, war die große Liebe ihrer
Pflegemutter und ihre Warmherzigkeit.

7

Margarete war von großer Freude erfüllt, als im Oktober 1950, am fünften Jahrestag der UN-Gründung, auf dem Turm des Schöneberger Rathauses die Freiheitsglocke läutete. Ihr Klang wurde weltweit über 2000 Rundfunksender übertragen.

Zuvor war die Glocke vier Wochen lang durch amerikanische Städte der USA gefahren worden. Lucius Clay hatte sie hinterher der Stadt Berlin übergeben. Clay sagte bei der Einweihung vor 450 000 Menschen, bei der sich auch Margarete mit ihren Eltern eingefunden hatte: *Ihr Geläute werde den Unterdrückern eine Warnung bedeuten, jenen aber, die ihre Freiheit verteidigen müssen, soll ihr Klang Zuversicht und Mut bringen. Mag sich auch ein Teil der Welt ihrer Stimme verschließen, sie wird doch überall gehört werden.*

Margaretes Vater flüsterte: „Clay hat schon immer die richtigen Worte gefunden." „Heute ganz besonders", erwiderte Margarete leise.

Diese Glocke war eine Nachbildung der *Liberty Bell in der* Town Hall von Philadelphia, *die 1776* die Unabhängigkeit der Vereinigten Staaten von Amerika eingeläutet hatte.

Margarete hatte versäumt, Emmi zu benachrichtigen, dass das Glockengeläute im Rundfunk zu hören war. Deshalb bekam sie von ihrer Cousine leichte Vorwürfe.

„Emmi, verzeih mir, ich habe es vergessen. Deshalb will ich dich dafür entschädigen."

Eine Woche später kam von Margarete ein Päckchen, das hauchzarte, durchsichtige Strümpfe aus Perlon beinhaltete.

Als Monika sie sah, lispelte sie: „Mutti, das ist was für Prinzessinnen." Armin meinte: „Immer müssen die Frauen was Besonderes haben."

Der Sendung lagen zwei Tafeln Schokolade bei, die für die Kinder gedacht waren. Die beiden stürzten sich gleich auf die Süßigkeiten und ehe sich Emmi versah, öffneten sie bereits die zweite Tafel. Die Mutter nahm sie ihnen ab und riet: „Langsam, langsam. Wenn ihr gleich alles auf einmal nascht, kriegt ihr wahrscheinlich heftige Bauchschmerzen. Das möchtet ihr doch sicher nicht."

Vor Kurzem war in Oderbruch bei Aachen die in Deutschland größte Kunstfaserfabrik in Betrieb genommen worden. Das Werk der *Vereinigten Glanzstofffabriken AG* konnte zu dieser Zeit bereits etwa 2000 kg Perlon erzeugen. Ausgangsstoff dieser Polyamid-Faser ist Benzol.

Man stellte in den nächsten Wochen und Monaten aus dieser Faser Herrenhemden und Trikotagen her. Sie gingen weg wie warme Semmeln. Die Auswahl an Konfektionswaren wurde immer größer. Vor allem waren in nächster Zeit Kleider und Blusen sehr gefragt.

Emmi bedankte sich bei ihrer Cousine für die Strümpfe und die Schokolade. Sie bat Margarete um Besorgung eines weiteren Paars. Sie wollte ihr das Geld dafür in einem Kuvert schicken.

Als Nelly davon erfuhr, wünschte sie sich zu ihrem 14. Geburtstag auch Perlon-Strümpfe. „Sieht an Emmis Bein wie Seide aus", hatte sie bereits festgestellt. Ihre Pflegemutter, die Nelly ab und zu ausgefallene Wünsche erfüllte, meinte: „Dazu bist du noch viel zu jung, mein Mädchen. Das ist was für feine Damen." Nelly wusste gleich eine Antwort darauf: „Aber Emmi ist doch keine feine Dame. Trotzdem hat sie solche piekfeinen Strümpfe am Bein."

„Sie hat sie geschenkt bekommen. Das ist ganz etwas anderes. Und wenn du vornehm sein möchtest, musst du erst an dir arbeiten. Beim Essen sitzt du bucklig da wie eine uralte Frau. – Die Strümpfe sind zu teuer für uns. Die sind auch viel zu empfindlich. Wenn sie kaputt sind, kannst du sie wegwerfen."

Entrüstet schüttelte Nelly den Kopf. „Stimmt nicht! Es gibt jetzt Leute, die sie gegen wenig Geld reparieren können. Sie haben ein extra Gerät dazu. In Selb oder in Bamberg könnte es so etwas schon geben. Man fängt die heruntergefallenen Laufmaschen auf und zieht sie wieder hoch. Dann nimmt man einen Faden und macht sie fest. Man sieht nicht einmal, dass sie repariert worden sind. Sie sind wie neu. Wirklich, so ist das."

Maria blickte ihr Pflegekind staunend an. „Woher willst du Naseweis das alles wissen? Hast du dir das ausgedacht?"

„Emmi hat dies von ihrer Cousine erfahren. Aber wir müssten jetzt erst wissen, wo es diese

Strümpfe gibt und wo man sie reparieren lassen kann. Man trägt ja neuerdings nicht Strümpfe, sondern Strumpfhosen", flötete sie. „Dann braucht man keine Strapse mehr, weil die Hosen einen Gummibund haben, damit sie nicht rutschen können."

Maria rief lächelnd: „Was du nicht alles weißt, Nelly."

„Maria, weißt du überhaupt, was es alles schon gibt: Kühlschränke, Fernseher, Waschmaschinen und ich habe sogar gehört, das die Amerikaner ihre Wäsche in einer elektrischen Trockenmaschine trocknen."

„Das entspringt wohl der Fantasie einiger verrückter amerikanischer Damen."

„Nein, es ist wahr. Die Amerikaner haben uns längst überholt."

„Ja, das haben sie längst. Und ich bin schon froh darüber, eine Waschmaschine zu besitzen. Früher habe ich die Wäsche im Bottich gewaschen und wie eine Verrückte geschrubbt und geschrubbt. Das war mühsam. Aber eine Trockenmaschine? Das wäre der Himmel auf Erden."

„Das finde ich auch."

„Nelly, sag mal ehrlich: Verkehrst du mit Amerikanern?"

„Ich doch nicht. Meine Freundin Anita." Nelly schob ihre Hände in die Rocktaschen und grinste, als sie erklärte: „So möchte ich auch gerne Hausfrau sein, wo alles so bequem geworden ist. Aber erst einmal brauche ich einen Mann, der mich heiratet. Vielleicht Herbert?"

Maria schüttelte lachend den Kopf „Ach Nelly, du brauchst doch noch keinen Mann. Das sind vorläufig Träume. Du bist noch ein Kind."

„Nein, das bin ich längst nicht mehr."

„Aber du bist noch nicht volljährig und wirst dann erst eine erwachsene Frau. Dann kannst du dich umsehen."

„Ich kann aber schon küssen."

Maria riss Mund und Augen auf. „Was? Du küsst schon Männer? Ich verbiete dir das ein für allemal."

„Ich möchte dir ein Geheimnis verraten, aber sag davon nichts deinem Mann. Sonst schlägt er mich wieder."

„Er schlägt dich nie wieder, das hat er mir hoch und heilig versprochen. Also sag mir dein Geheimnis. Ich kann es sehr gut bewahren."

„Ich habe neulich Armin geküsst."

„Was hast du? Das glaube ich jetzt nicht."

Nelly seufzte „Doch, das hab ich. Frag ihn doch. Aber er hat mich nicht für voll genommen. Keiner nimmt mich für voll. Du auch nicht, Maria."

„Ab heute werde ich Fräulein Nelly zu dir sagen. Ist es Ihnen so recht, gnädiges Fräulein?"

Darüber musste Nelly nun doch lachen.

Armin hatte einen Brief von Manfred Mössert aus Langenfeld im Rheinland erhalten. Manfred war sein ehemaliger Freund, der mit seiner Familie in einem Keller gewohnt hatte. Er schrieb:

„Stell dir vor, Armin, ich habe jetzt drei Hasen in einem riesengroßen Stall. Mein Vater möchte dauernd einen davon schlachten, aber ich habe mir ein Schloss besorgt und verwahre den Schlüssel in meinem Nachtkästchen. Jeden Tag macht mein Papa das gleiche Theater. Er sagt: Gib endlich den Schlüssel her. Der große Hase ist jetzt fett genug und reif zum Schlachten. Außerdem frisst er dem kleinen Häschen alles weg. Wenn du mir den Schlüssel nicht gibst, werde ich das Schloss aufbrechen. Morgen ist es soweit. Du hast keine Ahnung, wie gut Hasenbraten schmeckt. Ach Papa, sage ich, und du hast keine Ahnung, wie schön meine Hasen hoppeln können, besonders der Moritz. Die kleinen Häschen sehen noch netter aus. Wenn du sie schlachtest, esse ich keinen Bissen davon. Ich mag sie lebendig. So geht das bei uns hin und her. Meine Mutter sagt nichts dazu. Das verstehe ich nicht. Übrigens, mein Papa arbeitet immer noch im Kohlenbergwerk. Er hat Angst, dass er eines Tages durch eine Explosion ums Leben kommen könnte. Er weist immer auf das Unglück vom Mai dieses Jahres bei der Zeche Dahlbusch bei Gelsenkirchen-Rotthausen hin, wo es 78 Tote gab. Ursache des Unglücks war eine Schlagwetterexplosion, die sich in den Stollen bilden kann. Das Unglück geht ihm nicht mehr aus dem Kopf. Ich kann das gut verstehen. - Besuch mich doch mal, lieber Armin. Wir haben eine schöne Wohnung mit drei Zimmern. Sogar ein Bad mit Dusche haben sie uns jetzt eingebaut. Du wirst staunen. Du könntest mit in meinem Bett schlafen oder wir stellen eine Matratze auf. Meine Eltern haben nichts dagegen. Sie mögen Dich auch. - Liebe Grüße aus dem

Rheinland, auch an Deine Mutter und an Dein Schwes-terchen. Dein Manfred"

Armin freute sich riesig über diesen Brief. Er überlegte bereits, ob er Manfreds Einladung an-nehmen sollte. So könnte er auch einmal verreisen. Aber seine Mutter sagte: „Du kannst ihn sicher später auch einmal besuchen. Zurzeit möchte ich nicht, dass du wegfährst."

„Und warum nicht, Mama?"

„Ich vermisse dich sonst so sehr."

„Wieso? Ich glaube, das ist nur eine Ausrede."

„Nein. Ich möchte, dass ihr jetzt alle bei mir seid."

„Wieso? Ist was passiert? - Was ist mit deinem Jakob? Du willst ihn heiraten, nicht wahr?"

„Wie kommst du jetzt überhaupt darauf?"

„Hat er dich schon mal geküsst?"

„Das werde ich dir nicht verraten. Du bist ziem-lich unverschämt, Armin."

„Du willst es nur nicht zugeben."

„Armin, so redet man nicht mit seiner Mutter."

„Und wie redet man dann mit ihr?"

„Das musst du selbst wissen. Aber Jakob lässt du bitte aus dem Spiel. Hast du mich verstanden?"

Armin rieb sich mit der Hand den Nacken und dachte nach. „Gut!", entgegnete er schließlich. „Ich werde ihn nicht mehr erwähnen. Aber was macht ihr? Heiratet ihr?"

„Nein!"

„Was willst du sonst mit ihm?"

„Das dürfte wohl meine Sache sein. Ich frage dich auch nicht, was du mit deinen Freunden machst."

Emmi dachte: Die Kinder sind heutzutage frech. Auch Monika schlägt den falschen Ton an, wenn sie mit mir redet. Nelly von nebenan ist auch nicht anders.

Es ist schwer für mich, meine Kinder allein zu erziehen. Sie hätten mehr Respekt vor einem Vater als vor einer Mutter. Als Alleinerziehende müsste ich jetzt andere Saiten aufziehen. Sonst tanzen sie mir bald auf der Nase herum.

Armin ließ die Angst, dass seine Mutter Jakob heiraten würde, nicht mehr los. Er wollte keinen Fremden in der Familie haben. Vielleicht kam doch noch der Vater zurück. Was dann?

Die Kohle, zurzeit der wichtigste Energieträger der Bundesrepublik Deutschland und auch ein wichtiger Exportartikel, war knapp geworden. Durch Sonderschichten und finanzielle Anreize wurden im Bergwerk die Förderleistungen gesteigert. Dies war vom Bundeswirtschaftsminister Ludwig Erhard, von der *Deutschen Kohlebergbauleitung* und vom *Industrieverband Kohlenbergbau* bei Gesprächen in Bonn vereinbart worden. Die Elektrizität wurde beinahe ausschließlich aus Kohle erzeugt.

Die Förderleistung hatte mit der Nachfrage nicht Schritt halten können. Statt der erforderlichen 385 000t je Arbeitstag wurden nur 375 000t Kohle gefördert. Es wurden deshalb zwei zusätzliche Arbeitstage eingeführt. Für diese Sonderschichten erhielten die Bergleute 50% Zuschläge. Außerdem wurde den Belegschaften neben der vereinbarten Lohnerhöhung um rund 10% eine Prämie von 3% je Schicht gewährt.

Über die gestiegenen Brotpreise ärgerten sich viele Menschen in der Bundesrepublik. Dabei war das tägliche Brot für die Menschen der Nachkriegsjahre sehr wichtig, besonders für die Kinder.

Kaum hatte Emmi einen neuen Laib Brot besorgt, war er schon wieder von Monika und Armin aufgegessen worden. Die beiden strichen sich öfter am Nachmittag ein Brot mit Margarine. Monika kam auf die Idee, Zucker darauf zu streuen. Armin rümpfte die Nase. „Das kann doch nicht schmecken."

„Doch, probier mal."

Armin probierte und war begeistert. „Schmeckt wirklich. So ein süßes Brot mach ich mir auch gleich."

„Aber lass dich nicht von Mutti erwischen."

Der Zucker war so schnell aufgebraucht, dass Emmi keinen mehr für den Grießbrei hatte, den sie am Abend ihren Kindern vorsetzen wollte.

An vielem mangelte es noch. In den Geschäften ging oft der Zucker aus. Das Brot war teuer geworden. Der Regierung in Bonn wurde vorgeworfen, dass sie die Preiserhöhung verursacht habe.

Die Maßnahme wurde damit begründet, dass die Getreidepreise gestiegen waren.

Vizekanzler Franz Blücher gab in einer Regierungserklärung bekannt, dass unverzüglich ein ortsübliches Konsumbrot zum alten Preis in den Handel kommen solle.

Er hatte erkannt, dass fünf Jahre nach dem Krieg das Brot immer noch das wichtigste Lebensmittel war, das sich viele Menschen nicht leisten konnten. Deshalb sollte es ein Brot geben, das jeder bezahlen konnte. Es durfte nicht mehr geschehen, dass Menschen hungern mussten.

8

Nelly dachte an ihre Mutter. Manchmal saß sie auf dem Bett und weinte um sie, so wie heute. Sie hatte sich vorgenommen, Blumen auf ihr Grab zu stellen, aber sie hatte kein Geld dafür. Das Taschengeld hatte sie bereits für Süßigkeiten ausgegeben. Als sie mit ihrer Pflegemutter darüber sprach, meinte diese: „Selbstverständlich bekommst du das Geld dafür. Zum Beispiel würde ein Strauß Erika, ich meine dieses schöne Heidekraut, das Grab gut schmücken. Wir könnten auch etwas pflanzen, vielleicht Stiefmütterchen? Weißt du was? Ich komme mit und helfe dir beim Kauf. Wir gehen auch zusammen an das Grab."

„Das wäre prima. Danke!"

Nelly war auf einmal sehr freundlich zu Maria, die dies mit Erstaunen feststellte. Nicht immer verhielt sich die Pflegetochter so. Mitunter konnte sie schnippisch und viel zu keck sein. Dabei hatte sie dem Ehepaar König sehr viel zu verdanken.

„Ich möchte dich mal was fragen", begann Nelly, und blickte Maria von der Seite an. Sie wagte nicht, ihr direkt in die Augen zu sehen.

„Ja, was willst du mich fragen?"

„Bist du böse auf mich, wenn ich nicht *Mutti* oder *Mama* zu dir sagen kann? Ich weiß, ich hätte dich längst fragen sollen, aber es ist mir so schwer gefallen. Deshalb habe ich überhaupt keine Anrede gebraucht und bin ihr ausgewichen. Das war sehr unhöflich. Tut mir auch leid. Wenn ich Mutter zu dir sage, denke ich sofort an meine verstorbene Mutter."

Maria lächelte. „Wenn du es nicht sagen kannst, lass es. *Maria* genügt mir auch. Das hätten wir wirklich längst klären können, aber du bist mir immer ausgewichen."

„*Papa* kann ich auch nicht zu deinem Mann sagen."

„Warum kriegst du das nicht hin? Du hättest früher mit mir darüber reden müssen. Du kommst reichlich spät damit. Jetzt bist du schon so lange bei uns."

Nelly zuckte mit den Schultern. „Vielleicht bin ich zu feige gewesen."

„Aber versuch trotzdem mal Papa zu Friedrich zu sagen. Was glaubst du, wie er sich freuen würde. Außerdem würde eure Beziehung zueinander besser werden."

„Das mag sein. Durch den Tod meiner Mutter bin ich so anders geworden. Ich leide immer noch. Deshalb entschuldigt, dass ich mich so benehme."

„Verstehen kann ich es nicht völlig, aber es ist entschuldigt."

Sie gingen beide Richtung Friedhof weiter. Maria überlegte, welche Gefühle Nelly als angenommene Tochter in sich tragen würde. Sie als Pflegemutter hatte sich bis jetzt große Mühe gegeben, immer nett zu ihr zu sein, nicht nur, weil sie Mitleid mit der Waise empfand, sondern weil sie auch Nellys lebensfrohe Art mochte, auch wenn das Mädchen manchmal burschikos, ja, auch frech sein konnte. Maria kam zu dem Schluss, dass die Jugend heute anders war als damals. Sie dachte: Das muss man erst einmal begreifen. Ihrer Meinung nach steckte damals mehr Respekt dahinter. Oder vielleicht auch Angst vor der Autorität, vor einer Strafe?

Maria wusste, dass sich Friedrich in Bezug auf Nelly nicht so anstrengte wie sie. Wahrscheinlich beruhte dies auf Gegenseitigkeit, denn Nelly gab sich ihrem Pflegevater gegenüber ebenso kühl.

Beim Grab angekommen, füllte Maria die Vase mit Wasser und einem Strauß Heidekraut. Nelly ließ sich traurig auf die Grabeinfassung nieder und bedeckte ihre Augen mit den Händen. Maria sah, dass sie weinte. Sie fuhr ihrer Pflegetochter deshalb zärtlich über die Haare und flüsterte: „Nelly, es tut mir so leid. Ich weiß, eine Mutter kann man nie vergessen und nicht ersetzen. Ich habe das gleiche wie du erlebt." Maria setzte sich erst neben Nelly auf die Grabeinfassung, ehe sie berichtete. Nelly horchte auf, was ihre Pflegemutter zu sagen hatte: „Ich war sieben oder acht Jahre, als meine geliebte Mama von mir gegangen ist. Mein Vater war bereits im Ersten Weltkrieg geblieben. Meine Großeltern haben mich herzlich aufgenommen. Ich habe nur Gutes von ihnen erfahren. So wurde mir der Schmerz über den Tod meiner Eltern etwas erträglicher.- Ja, Nelly, du hast auch erfahren, wie hart das Leben sein kann. Manchmal jedoch kommen auch Lichtblicke in dieses Dunkel."

Nelly nickte nur. Sie dachte nicht einmal über das nach, was Maria gesagt hatte. Ihr schwirrte ihr Stiefvater durch den Kopf, weil es sie belastete, dass sie nicht *Vater* zu ihm sagen konnte. „Mit deinem Mann komme ich noch nicht zurecht, Maria", klagte sie. „Warum gelingt es dir, so nett zu mir zu sein, wohingegen Friedrich so unfreundlich zu mir ist."

„Er scheint anders zu fühlen als ich. Für mich gehörst du längst zur Familie und bist keine Fremde mehr. Ich rate dir: Streng dich Friedrich gegenüber mehr an. Er ist ein lieber Mensch."

„Ist er das wirklich? Gerne wäre ich mit euch so glücklich wie Emmi mit ihren Kindern."

„Es steht uns nichts im Weg. Auch sie haben Sorgen. Die Kinder und Emmi vermissen ihren Vater und Ehemann."

Auf dem Heimweg blieb Maria stehen und sagte: „Friedrich hat gemeint, du hast viel Selbstbewusstsein und wirst dich im Leben durchsetzen können. Außerdem bist du auch hübsch. Er hat auch vorgeschlagen, dass du zu ihm etwas freundlicher sein solltest."

Nelly wunderte sich. „Hat er das wirklich gesagt?"

„Du kannst es mir glauben."

„Er hat damit recht, dass ich mich im Leben durchsetze und Sängerin wie meine liebe Tante werde. Leider landete sie im Konzentrationslager, weil sie eine Jüdin war."

„Du hast nie davon gesprochen."

„Stimmt! Sie war nicht die Einzige, die auf diese Weise umgekommen ist."

„Das war grausam, Nelly. Wusstest du, dass etwa 6 Millionen Juden in diesen Lagern ermordet wurden? Und etwa 500 000 andere Menschen? An vielen hatten Ärzte der SS Versuche unternommen. Auch sie sind gestorben. Und was ist mit deinem Onkel geschehen?"

„Es wurde einfach so bestimmt, dass er sich von seiner Frau, der Jüdin, scheiden lassen musste, sonst wäre er auch an der Reihe gewesen. Er ist noch rechtzeitig nach Amerika getürmt. Ich weiß nicht, warum meine Tante nicht mitkommen wollte. Das werde ich nie verstehen. Sie wäre auch gerettet worden. Außerdem wäre sie als Sängerin in Amerika bestimmt gut angekommen, aber darum ging es nicht."

„Nein, darum ging es sicher nicht."

„Maria, ich muss dir was sagen: Ich bin auch eine Jüdin."

„Na und? Ist doch nicht schlimm. Beinahe habe ich es mir gedacht. Ob du Jüdin bist oder nicht, spielt jetzt keine Rolle mehr. Es besteht für dich keine Gefahr mehr. Für mich bist du wie jeder andere Mensch."

„Ich weiß nicht, ob das so sicher ist. Meine Mutter und ich haben uns von meiner Oma, der Schwiegermutter meiner Mutter, im Keller verstecken lassen. Keiner hat uns gefunden. Sie hat uns täglich zu essen gebracht, uns Wasser zum Waschen gegeben und uns auch sonst versorgt. Sie hat

Großartiges geleistet. Nach unserer Mahlzeit hat sie alles wieder abgespült und weggetragen, damit keiner etwas finden konnte."

Maria hatte plötzlich Tränen in den Augen. „Es wird hoffentlich nie mehr in unserem Leben einen Menschen wie Hitler und die sogenannte SS, vor allem keinen Krieg mehr in Deutschland geben", äußerte sie weinerlich.

Margarete schrieb wieder einmal an ihre Cousine. Emmi hatte schon lange auf Post gewartet. Endlich kam eine Nachricht von ihrer Verwandten. Sie schrieb, dass sie nach Reinickendorf in die Nähe ihres neuen Arbeitsplatzes gezogen war.

„Meine Wohnung ist nobel eingerichtet. Mein Vater hat mir sein Gespartes übergeben. Das war nicht viel. Du weißt ja, die Währungsreform. Ich musste etwas aufnehmen. Jetzt besitze ich einen Musikschrank mit Plattenspieler, Radio und Tonbandgerät der Firma Grundig. Eine Schrankwand trennt mein Wohnzimmer von meinem Schlafzimmer. Ich habe darin viele Bücher untergebracht. Krimis und Liebesromane, auch die, die mein Vater für mich aufgehoben hat. Ich finde, das sind *alte Schinken*, die nicht jeder lesen möchte. Mein Vater hat damals geglaubt, dass sie sehr wertvoll sind. Aber was soll daran wertvoll sein? Vielleicht der Buchdeckel? Oder doch der Inhalt?

Der neue Musikschrank gibt mir ein besseres Lebensgefühl. Ich kann jetzt alle Schlager hören, die es zurzeit gibt. Und weißt du, was ich mir noch angeschafft habe? Ein hellblaues Cocktailkleid aus Perlon mit Spitzen am Saum und einem weit schwingenden Rock. Darunter trage ich einen Petticoat. Bei uns geht es schon wieder los mit Tanzen, zum Beispiel im Palais am Funkturm.

Jetzt gibt es auch für Frauen Hosen. Ich dachte, ich sehe nicht recht. An der Stange hingen sogar ganze Anzüge für Frauen. Demnächst werde ich mir auch eine Hose anschaffen. Ich finde sie sehr schick. Dazu einen engen Pullover. Sieht klasse aus. Und die Männer werden uns nachlaufen, weil wir eine gute Figur darin machen.

Was macht eigentlich dein Freund, der Jakob? Willst du ihn heiraten? Ich würde das tun. Fridolin kommt bestimmt nicht mehr. Falls er bei den Russen gewesen ist, oder immer noch ist, hätte er keine Chance zum Überleben. In einer anderen Gefangenschaft wäre er sicher auch gestorben. Was die Männer doch alles aushalten mussten und womöglich auch noch müssen! Mach dir das Leben doch nicht so furchtbar schwer, liebe Emmi…"

Emmi dachte lange über Margaretes Zeilen nach. Sie konnte sich zurzeit nicht entschließen, Jakob zu heiraten. Aber sie merkte, dass er darauf aus war, sich mit ihr zusammen zu tun. Das konnte ja nur Heirat bedeuten. Sie gewährte ihm neuerdings etwas mehr Nähe, worauf er sie noch öfter in den Arm nahm und küsste. Er konnte dabei so leidenschaftlich sein, dass in ihr die Sehnsucht nach mehr aufglühte. Aber gleich kam ihr wieder

Fridolin in den Sinn und sie dachte an die Zeit mit ihm.

Über die Zukunft sprach Jakob mit ihr nie, was ihrer Ansicht nach aber notwendig gewesen wäre. Sie selbst wagte es auch nicht.

In letzter Zeit war sie öfter bei Jakob eingeladen. Sie machten es sich in seinem kleinen Wohnzimmer mit einem Gläschen Wein und Keksen gemütlich. Es gab sehr viel Gesprächsstoff zwischen ihnen. Jakob war ein aufgeschlossener Mann. Sie schätzte ihn auf etwa vierzig Jahre, etwa fünf Jahre älter als sie es war. Sie sprachen viel vom Krieg und von ihrer Kindheit. Immer gab es auch Gründe, sich zu erheitern.

Dabei kamen sie sich auch körperlich näher, doch Jakob wurde nie aufdringlich.

Einmal sagte er zu ihr: „Meine Mutter möchte dich wieder treffen."

Emmi blickte Jakob überrascht an und antwortete:

„Sie möchte sicher, dass wir uns voneinander trennen."

Jakob schüttelte den Kopf. „Jetzt nicht mehr. Sie will sich nicht mehr einmischen. Ich könnte auch bei eurem Treffen mit dabei sein. Ich komme mit, damit du keine Angst vor unangenehmen Fragen hast."

„Das ist lieb von dir, Jakob. Am Anfang habe ich deine Mutter sehr sympathisch gefunden, doch als sie angefangen hat, sich bei uns einzumischen, schlug mein Empfinden ins Gegenteil um. Ich gestehe, dass ich Angst vor ihr habe."

„Du hast ihre andere Seite, ihre Schokoladenseite, noch nicht wahrgenommen. Sie hat dir nur ihre Schattenseite gezeigt. Immer hast du nur einen Teil von ihr kennenlernen können. Schade! Sie kann sehr lieb sein."

Emmi bevorzugte es, Weihnachten nur mit ihren Kindern allein zu feiern. Jakob feierte mit seiner Mutter. So hatten sie es beschlossen.

Einmal kam Nelly zu ihnen herüber. Als die Familie Weihnachtslieder sang, entfernte sie sich sofort wieder. Sie hatte nichts gegen diese Lieder, aber sie musste gleich wieder an ihre Mutter denken und wurde wehmütig, weil die Weihnachtszeit mit ihr die schönste Zeit ihres Lebens gewesen war.

Emmi hatte für Nelly ein Geschenk besorgt. Es war ein Jugendbuch. Der Titel lautete: *Die Gärtnerin und ihre Tochter.* Es war ein fröhliches Buch. Nelly bedankte sich, auch für die erlesenen Plätzchen, die Emmi selbst hergestellt hatte. Nelly meinte, sie käme nach Weihnachten wieder bei ihnen vorbei.

Auch Monika und Armin wurden von ihrer Mutter beschenkt. Die Tochter freute sich riesig über eine Puppe mit vielen Kleidern. Armin bekam einen Holzbaukasten, der nicht sehr anspruchsvoll war. Dennoch freute er sich darüber. Er beschäftigte sich gerne mit den Bauklötzen, mit denen er Häuser, Brücken, Türme und noch andere Bauten erstellte. Dabei entwickelte er eine enorme Fantasie. Auch seine Schwester fand großen Gefallen an seinen Bauplänen. Bei dieser Beschäftigung stritten die Geschwister nie, worüber sich Emmi wunderte.

Jakob schickte Emmi eine sehr herzliche Weihnachtskarte, ein zierliches Kettchen mit einem Herzchen als Anhänger, dazu einen Gutschein für einen Faschingsball im Februar. Auch Jakobs Mutter hatte an sie gedacht. Von ihr erhielt Emmi eine Packung mit zarten handgestickten Taschentüchern, dazu die feinsten Pralinen und ein Kärtchen mit Weihnachtswünschen.

Am Heiligen Abend gegen Mittag beauftragte Emmi ihren Sohn, ein kleines Päckchen mit einer Weihnachtskarte bei Jakob vorbeizubringen. In dem Geschenkkarton befand sich eine sehr hübsche Krawatte in Dunkelblau mit zierlichen rosa Pünktchen. Außerdem gab Armin bei Jakobs Mutter eine große Packung Pralinen mit einem Kärtchen ab.

Auch mit den Nachbarn, den Königs, und den befreundeten Kurzers wurden Geschenke ausgetauscht.

Am späten Abend besuchte Emmi mit ihren Kindern die Mette in der kleinen katholischen Kirche Sankt Nikolaus, in der sie mit Fridolin getraut worden war. Sie musste dort viel an ihren Mann denken und betete für ihn. Sie stellte sich vor, wie es jetzt zu Weihnachten gewesen wäre, wenn er mit ihnen gefeiert hätte. Bei diesen Gedanken schossen ihr Tränen in die Augen.

Außergewöhnlich mild waren die Feiertage. Erst Mitte Januar kamen der Schnee und die Kälte. Es schneite dicke Flocken. Der Verkehr brach in manchen Gegenden zusammen.

In den Bergen forderten Lawinenunglücke zahlreiche Opfer. Auf der Zugspitze betrug die Schneehöhe bis zu fünf Meter. Manche Alpendörfer waren von der Außenwelt völlig abgeschnitten.

Nicht nur bei der Bundesbahn, sondern auch bei anderen Verkehrsmitteln kam es zu Verspätungen.

Armin fuhr mit seiner Schwester in der Nähe ihres Wohnhauses von einem steilen Hügel mit dem Schlitten hinunter. Viele Kinder kamen jetzt hinzu. Sie hatten alle großen Spaß an diesem Wintersport.

Die älteren Jungen bewarfen sich ständig mit Schneebällen. Monika und ihre Freundin Nora, die nun auch den Berg heraufgekommen war, baten Armin, mit ihnen einen Schneemann zu bauen. Nachdem der stolze *weiße Mann* mit einem vornehmen Hut, einer lustigen Rübennase und einer älteren Aktentasche unter dem Arm dastand, als wäre er festgefroren, dachte keiner mehr daran, sich um ihn zu kümmern. Doch plötzlich bewarfen ihn die Jungen mit vielen dicken Schneebällen, womöglich, um seine Standfestigkeit zu erproben. Bald war das schöne Rübennäschen ab und nach kurzer Zeit rollte der ganze Kopf des künstlichen

Mannes zusammen mit dem Hut und der Aktentasche den Berg hinab. Armer Mann, was nun?

Armin war beleidigt. Er fuhr nach kurzer Zeit mit seinem Schlitten und der Aktentasche in der Hand nach Hause. Gerade heute vermisste er seinen Freund Herbert sehr. Dieser war mit seinem Vater nach Berlin gefahren, wo ein Treffen der Juristen stattfinden sollte.

Monika fuhr mit Nora weiter den Berg hinab. Mit einer halb erfrorenen Nase, durchnässten Schuhen und Strümpfen kehrte das Mädchen heim. Armin musste ihr jetzt helfen, weil die Mutter mit Maria und Nelly mit dem Bus nach Bamberg gefahren war, um Besorgungen zu erledigen. Irgendwo war das Fahrzeug nicht weitergekommen. Beim Bremsen war es gerutscht. Es dauerte einige Zeit, bis der Abschleppdienst kam und den Bus wieder auf die Fahrbahn zog. Beinahe zwei Stunden waren seitdem vergangen.

Die schönsten Ferientage vergingen für die Kinder viel zu schnell.

Inzwischen wurde es März und der Frühling schien sich anzubahnen. Jetzt konnte man sich schon im Freien vergnügen. In Brunners Wiese wurde viel Ball gespielt. Nelly, Herbert, Monika und Armin vergnügten sich beinahe jeden Nachmittag damit. Die Mutter sah öfter nach ihnen und spendierte Limo und Plätzchen.

Bald erreichte Emmi wieder ein Brief ihrer Verwandten aus Berlin. Jetzt schrieb Margarete beinahe jede Woche. Diesmal schimpfte die Cousine darüber, dass die DDR abermals den Strom nach Westberlin abgeschaltet hatte. „Sie will uns isolieren, die Bande, und sie setzt das Interzonenabkommen außer Kraft. Gemein ist das! Wir haben uns gerächt und als Gegenmaßnahme auch bei bestimmten DDR-Gebieten den Strom abgeschaltet. Sollen sie mal sehen, wie das so ist. Hamburg hat sämtliche Stromverbindungen nach Mecklenburg abgeschaltet. Manchmal kommt mir die ganze Sache wie in einem Kindergarten vor, aber die Angelegenheit ist leider sehr ernst. Wir, die Westdeutschen wollen nichts von der DDR wissen und sind nicht einmal zu Gesprächen bereit. Ich frage mich, ob das in Ordnung ist?

Ich habe auch eine interessante Mitteilung für Dich, liebe Emmi. Eine Bekannte von uns, sie ist 77 Jahre, hat das Bundesverdienstkreuz von Theodor Heuss im Schöneberger Rathaus erhalten. Unsere Bekannte hat sich vor allem bei der Trümmerbeseitigung verdient gemacht. Außerdem hat sie sich um verlassene Kinder und um einige Nachbarn gekümmert. Sie hat Großartiges geleistet. Auch andere *Trümmerfrauen* wurden mit ihr von Heuss geehrt. Ich stelle fest, dass die Hauptlast ohnehin bei uns Frauen liegt. Aber die Männer sind nicht daran schuld. Die Armen kann man nur bedauern. Viele von ihnen sind verwundet zurückgekommen und können nicht mehr so wie früher arbeiten. Andere sind verstorben oder nicht mehr heimgekehrt. Es gibt immer noch welche in Gefangenschaft, die nicht freigelassen worden sind. Die Russen wollen das allerdings nicht zugeben. Wo mag nur Dein Fridolin geblieben sein, liebe Emmi? Vielleicht könntest du doch Jakob heiraten.

Stell Dir mal vor, liebe Emmi, aus dem Schutt, der zum Teil immer noch herumliegt, werden mit Maschinen neue Steine gepresst, die für die Baumaßnahmen verwendet werden können. Ist das nicht wunderbar? Es wird allerdings noch ein paar Jahre dauern, bis Berlin wieder ein anderes Gesicht bekommen hat.

Mir geht es gut, meinen Eltern altersentsprechend.

Ich kann mich so über meinen Motorroller freuen und fahre an den Sonntagen damit hinaus ins Freie. Weit kommt man hier in Berlin allerdings nicht, weil die DDR-Grenze so nahe ist. Warum muss es diesen verflixten neuen Staat überhaupt geben? Die Menschen dort werden zum werden zum Gehorchen gezwungen. Ich nenne es Gehirnwäsche. Herzliche Grüße von deiner Margarete."

9

Maria war über das große Angebot an Kleidung überrascht, als sie mit ihrer Pflegetochter das Modegeschäft Werner betrat. Es wurde von einem Ehepaar geführt, das erst kürzlich seinen Laden im Zentrum des Ortes eröffnet hatte.

Dass es bereits diese hübsche Mode gab, wo der Zweite Weltkrieg noch nicht weit zurücklag, ließ sie erstaunen.

Nelly sah sich ebenfalls neugierig um. Sie entdeckte an der Stange wunderschöne Kleider. Ein Perlonkleid in ihrer Größe war genau ihr Geschmack. Es war in der Grundfarbe Rosa, darauf war ein buntes Blumenmuster aufgedruckt. Der lockere, weit schwingende Rock gefiel ihr besonders gut, auch die Puffärmel, die genau zu diesem verspielten Kleidungsstück passten. Es hatte, so beurteilte es Nelly, eine romantische Note, die sie mochte.

„Oh, ein Traum von einem Kleid", schwärmte sie und wartete darauf, was Maria dazu sagen würde. Die Pflegemutter flüsterte: „Zauberhaft! Probier es an. Wenn es passt und dir gefällt, gehört es dir. Heute bin ich mal großzügig."

„Aber es ist zu teuer", stellte Nelly fest.

„Ich hab schon den Preis gesehen. Zu deinem 15. Geburtstag sollst du etwas Besonderes bekommen."

Nelly strahlte vor Freude und legte das Kleid über ihren Arm. Dann verschwand sie in der Kabine. Gleich stellte sie fest, dass es wie angegossen passte und ihr besonders gut gefiel.

Sie stellte sich damit Maria vor. „Wie eine Prinzessin siehst du aus", schwärmte die Pflegemutter.

Nelly lachte spitzbübisch, als sie sagte: „Dann besorge mir bitte einen Prinzen aus dem Morgenland."

Maria lachte und lachte. Die Verkäuferin amüsierte sich ebenfalls.

Nachdem Maria bezahlt hatte und sie das Geschäft wieder verlassen hatten, umarmte Nelly ihre Pflegemutter. Das hatte sie bis jetzt noch nie getan.

In letzter Zeit ärgerte sich Emmi oft über ihre Kinder. Armin beklagte sich darüber, dass sie kein Telefon hatten. „Herberts Familie hat eines. Und wenn wir auch eines hätten, könnten wir immer miteinander telefonieren."

Die Mutter blickte ihren Sohn erbost an. „Herberts Vater ist Rechtsanwalt. Er braucht ein Telefon und kann sich auch eines leisten."

„Einen Fernseher haben wir auch noch nicht", stellte Armin fest.

„Lass dein Gejammer. Du musst mehr Geduld haben, Armin. Ich spare doch schon dafür. Euer Vater ist im Krieg geblieben und ich als Frau kann nicht so viel wie ein Mann verdienen. Vergisst du, dass noch vor fünf Jahren Krieg gewesen ist?"

„Aber du hast doch Gehaltserhöhung gekriegt, Mama."

„So viel ist das nicht, was ich mehr verdiene."

„Und ich hab gedacht, das ist ein großer Batzen Geld."

„Nein! Um all das anzuschaffen, was ihr euch in den Kopf setzt, müsste ich einen *Geldscheißer* haben"

„Hm, ja." Mehr fiel Armin nicht dazu ein. Er verließ das Wohnzimmer und suchte seinen eigenen Bereich auf, wo er noch eine Weile nachdachte und erst dann seine Hausaufgaben erledigte.

Inzwischen kam Monika nach Hause. Sie war bei ihrer Freundin Nora gewesen. Auch sie begann zu klagen: „Mutti, warum haben wir eigentlich keinen Kühlschrank?"

„Wir haben momentan kein Geld dazu. Vorhin hat mich schon Armin gepeinigt, weil wir uns kein Telefon leisten können."

„Und warum können wir das nicht?"

„Dumme Frage! Wir haben kein Geld dazu. Wir sind keine reichen Leute. Begreifst du das nicht?"

„Nein! Noras Eltern können sich alles leisten. Einen Kühlschrank, einen Fernseher, auch ein Telefon haben sie und einen Musikschrank. Nora hat außerdem sehr schöne Kleider und viele Spielsachen. Ich gehe gerne zu ihr."

„Noras Eltern haben ein Schuhgeschäft. Da geht Geld ein. Bei uns geht es immer nur aus."

„Warum haben wir kein Geschäft? Dann könnten wir uns auch mehr anschaffen."

„Wir hätten dann mehr Arbeit. Du und Armin müsstet mithelfen. So wie ich euch kenne, würde euch bald die Lust dazu vergehen."

Monika rümpfte ihre Nase. Ihr fiel ein: „Ich habe vorhin Nelly in ihrem neuen Kleid getroffen. Die Königs sind doch auch nicht reich. Warum kriege ich sowas nicht?"

„Ich kann euer Gejammer nicht länger ertragen. Ich arbeite und was ich verdiene, reicht uns zum Leben. Luxus können wir uns nicht leisten. Geh jetzt bitte auch auf dein Zimmer, damit ich endlich in Ruhe das Abendbrot zubereiten kann."

„Und was gibt's?"

„Gebratene Tauben."

Monika lachte. „Das glaube ich nicht. Ich denke, du stellst wieder den roten Presssack hin, den Armin und ich nicht gern mögen."

„Genau das tu ich. Ich mag ihn und könnte ihn ausnahmsweise einmal alleine essen. Vielleicht werdet ihr endlich einmal von der Luft satt. Dann brauche ich nichts mehr einzukaufen und kein Geld auszugeben."

Monika blickte ihre Mutter aus großen Augen an. „So wie du redest, Mutti, das mag ich gar nicht gern."

„Kann ich mir denken. Bitte, mach deine Hausaufgaben."

Monika verließ wütend das Zimmer und Emmi dachte nach. Ihr wurde klar, dass sich ihre Kinder immer nach anderen, nicht so armen Familien, richteten. Sie wünschte, ihr Nachwuchs würde so bescheiden werden, wie es der heutigen Zeit entsprach. Man musste abwarten können und Geduld haben. Es würde alles sicher viel besser werden als es zurzeit war.

Früher hatte sich Emmi ihre Zukunft auch anders vorgestellt. Sie war aus einer wohlhabenden Familie gekommen. Aber der Krieg hatte alles verändert. Jetzt fiel es ihr nicht leicht, auf so vieles verzichten zu müssen, aber ihre Vernunft reichte so weit, dass sie ihre Situation akzeptierte. Was sie jedoch zermürbte, war die Unzufriedenheit ihrer Kinder. Wie konnte das nur passieren, dass sie so geworden waren?

Gestern hatte Jakob Emmi gefragt, was aus ihnen werden würde. nun aus ihnen werden würde. Er habe das Gefühl, dass ihre Beziehung zueinander keinen Sinn mehr habe. „Was ist, wenn Fridolin wieder nach Hause kommt? Was willst du ihm sagen?"

„Er ist doch nicht zurückgekehrt und wird es wahrscheinlich nicht mehr tun."

„Du glaubst also, dass er nicht mehr kommen wird?"

„Ja, aber bekanntlich heißt glauben nichts wissen. Ich hoffe allerdings, dass er noch kommt."

Plötzlich brach Emmi in Tränen aus. Jakob zog sein Taschentuch heraus, um ihr die Augen zu trocknen. Sie schob ihn weg. Er sagte daraufhin: „Entschuldige, Liebling, wenn ich dir wehgetan habe. Wäre es womöglich besser, wir würden uns voneinander trennen?"

Emmi schluchzte auf. „Nein, bitte nicht. Bleibe bei mir. Aber wenn du gehen willst, halte ich dich nicht auf. Ich habe kein Recht dazu, dich festzuhalten."

„Ich möchte nicht gehen, weil ich dich liebe."

„Ich liebe dich auch", flüsterte Emmi, worauf ihr Jakob einen Kuss gab und sie umarmte.

Emmi hatte sich bereits wieder gefangen. „Jakob, du bist der Mann, du musst entscheiden, wie es mit uns weitergehen soll", meinte sie.

„Nein, wir müssen doch beide entscheiden."

„Es ist ein unnatürlicher Zustand. Wir könnten ihn ändern", glaubte Emmi, worauf Jakob sie anstarrte. „Wie meinst du das?", fragte er, aber er ahnte ihre Antwort.

„Gut, Emmi, und wenn er doch heimkommt?"

„Dann sagen wir ihm die Wahrheit."

„Und dann eine Beziehung zu dritt, wie?"

„Das natürlich nicht."

„Und das Rennen gewinnt er!"

„Wir wissen nicht, ob er zurückkommen wird. Also tun wir das, was wir für richtig halten."

Jakobs Stirn legte sich in Falten. „Was ist das Richtige deiner Meinung nach? Die Situation ist äußerst diffizil. Ich hätte mich nicht in dich verlieben sollen."

„Wem sagst du das? Ich hätte mich auch zusammenreißen müssen. Es ist aber menschlich, dass uns das passiert ist. Ja, mein lieber Jakob, die

Situation ist wirklich diffizil. Ich werde jetzt heimgehen und ein paar Tage darüber nachdenken. Bald kommen wir wieder zusammen und dann entscheiden wir uns endgültig."

Jakob nickte. „Heute weiter darüber zu reden, bringt wirklich nichts."

Emmi erhob sich. Sie hatte ihr Glas Wein nicht ausgetrunken. Sie sagte: „Wenn Fridolin noch am Leben wäre, hätte er zumindest ein einziges Mal geschrieben oder mir eine Mitteilung zukommen lassen. Das geht mir jetzt durch den Kopf."

Sie umarmten und küssten sich plötzlich und es fiel ihnen schwer, einander loszulassen. Emmi blieb noch lange bei ihm, was von ihr nicht vorgesehen war.

Später begleitete er sie bis zur Straße hinaus und sah ihr nach. Im Dunkeln gewahrte er nur noch ihre Umrisse.

Daheim dachte er lange nach und kam zu keinem Ergebnis. Emmi ging es genauso.

Am nächsten Tag war Sonntag. Beim Aufwachen dachte Emmi schon wieder an Jakob. Er ging ihr nicht mehr aus dem Kopf, weil sie ihn liebte. Beim Frühstück fragte Armin: „Mama, was hast du? Denkst du schon wieder nach?"

„Ja, ich denke nach, weil ich Jakob liebe. Das muss ich euch einmal ehrlich sagen, damit ihr mich versteht. – Heute Nachmittag gehen wir zusammen spazieren. Dann will ich euch noch einiges erklären."

Armin meinte: „Ich bin doch schon viel zu alt, um mit meiner Mutter spazieren zu gehen."

„Aber heute ist es notwendig", war seine Mutter der Meinung."

Sie spazierten den Waldweg entlang, der nach Wiesenbrunn führte. Plötzlich rief Armin: „Seht mal, dort geht er." „Wer?", erkundigte sich die Mutter. „Erik Lösner, dieser Privatmensch." „Kennst du ihn?" „Ja, ich habe schon einmal mit ihm gesprochen. – Schnell, schnell, wir halten ihn auf."

Emmi wurde ärgerlich. „Lass ihn. Sei nicht so aufdringlich."

„Das ist nicht aufdringlich, wenn ich mit ihm reden will. – Hallo, Herr Lösner", schrie Armin so laut er konnte. Der junge Mann war heute anders als sonst gekleidet. Seine dunkelblaue Jacke, darunter ein weißes Hemd und eine dunkelblaue Krawatte, sah zu der grauen Hose vornehm aus. Seine dunkelbraunen Haare waren ziemlich kurz geschnitten. Heute trug er keine Kopfbedeckung.

Erik hatte Armins Rufen gehört. Er blieb erst stehen und dann lief er etwa 200 Meter zurück, um sich der Familie nähern zu können.

„Ah, da ist er ja wieder, Armin, der Cherusker", bemerkte er lachend, worauf Armin grinste und entgegnete: „Ich habe Sie ewig lang nicht mehr gesehen und dachte schon, Sie sind wie ein Zugvogel wieder fortgeflogen. Ich möchte Ihnen meine Mutter und meine Schwester vorstellen."

Erik begrüßte erst Emmi, dann Armin. Er wollte auch Monika die Hand geben, aber sie drehte sich absichtlich um und dachte: Der Mann ist mir total *schnuppe*. Den Ausdruck *schnuppe* hatte sie bei Nora gehört.

Erik wandte sich an Emmi. „Sie sind also die Mutter dieses aufgeweckten Cheruskers? Stellen Sie sich vor, er wollte mit mir kämpfen."

„Das hab ich doch nur im Spaß gesagt", verteidigte sich Armin und fügte rasch hinzu. „Hätte ich es nur getan, dann hätte ich meine Kräfte beweisen können."

Erik meinte: Genau an dieser Stelle haben wir uns das letzte Mal getroffen, nicht wahr, Armin?"

„Ja, stimmt, aber das ist ein paar Jahre her."

„Ich stelle fest, du bist groß geworden, Kleiner."

„Wollen Sie mich schon wieder ärgern? Sie sagen, dass ich groß geworden bin und nennen mich *Kleiner*."

„Das habe ich zärtlich gemeint, aber ich merke, der ältere Herr versteht keinen Spaß mehr."

„So ein Unsinn! Ich wollte Sie etwas fragen: Sind Ihre Gäste immer noch im Haus?"

„Sie sind nach Nürnberg gezogen. Aber nun zieht mein Vater bei mir ein, später kommt meine Mutter nach und eine Haushaltshilfe dazu. Das war von Anfang an vorgesehen."

„Freuen Sie sich schon auf Ihre Eltern?", wollte Armin wissen.

Erik nickte. „Ja und nein zugleich. Sie wollen mich ständig kontrollieren, das gefällt mir nicht an ihnen. So sind wohl alle Eltern. Anwesende sind ausgeschlossen. Sie, Frau Brunner, sind sicher anders."

Emmi schüttelte den Kopf. „Da irren Sie sich. Leider bin ich so wie andere Eltern."

Armin lächelte auf einmal Erik an und wollte von ihm wissen, ob er heute noch etwas vorhabe, weil er sich so fein angezogen habe.

Erik nickte. „Ich habe heute noch eine Versammlung. Ich gehöre einem Verein für Waisenkinder an. Ich bin sozusagen der Projektleiter. Seit der Krieg zu Ende ist, haben so viele Kinder und Jugendliche keine Eltern mehr. Manche von ihnen leben sogar auf der Straße. Das muss sich ändern. – Liebe Frau Brunner, ich habe eine Frage: Haben Sie daheim noch Spielsachen, ich meine solche, die Ihre Kinder nicht mehr benutzen?"

„Ja, das haben wir", erwiderte Emmi. Und Armin sagte: „Ich habe noch kleine Autos, die ich nicht mehr brauche."

„Aber ich brauche sie noch", entgegnete Monika.

„Darauf musst du verzichten", bestimmte ihr Bruder.

Erik schüttelte den Kopf. „Nein, das muss sie nicht. Ich will nur das haben, was ihr nicht mehr benötigt."

Monika überlegte: „Ach, ich verzichte auf diese Autos. Sie können sie alle haben. Andere Kinder freuen sich."

„Das ist ja sehr lieb von dir, Monika", lobte Erik.

Armin flüsterte seiner Mutter zu: „Die tut es doch nicht deshalb, weil sich andere Kinder darüber freuen. Sie will nur nicht *nein* sagen."

Dem Mädchen fiel ein: „Ich habe daheim eine Puppe, die Augenweh hat, ich meine, die am Auge beschädigt ist. Die können Sie auch haben."

„Prima!", freute sich Erik. „Einer von unseren Leuten wird sie sicher reparieren können."

Armin lächelte. „Das kann doch ich übernehmen. Ich bin nämlich in diesem Haus der Puppendoktor. Ich musste schon viele kranke Puppen heilen und habe sie auch erfolgreich operiert, natürlich repariert."

Erik nickte. „Was seid ihr doch für nette und großzügige Kinder."

„Ich bin kein Kind mehr", erwiderte Armin leicht verletzt. „Ich feiere schon meinen 15. Geburtstag."

„Entschuldige, Armin, wenn ich dich gekränkt habe. Du bist wirklich kein Kind mehr. Frau Brunner, ich besuche Sie, wenn ich Zeit habe, dann zeigen Sie mir, was ihre Kinder entbehren können."

Armin meinte: „Warum kommen Sie nicht morgen? Sie könnten mir dann gratulieren und Kaffee mit uns trinken. Meine Mutter hat einen organisiert. - Ach, sollte ich das jetzt nicht sagen, Mama?"

„Warum nicht? Wir, die wenig Geld haben, müssen das so machen. Sie natürlich nicht, Herr Löser."

„Stimmt", erwiderte Erik. „Tut mir für Sie leid."

„Ach was, wir kommen schon durch."

Armin blickte Erik fragend an: „Müssen Sie jetzt wirklich zu Fuß weitergehen? Haben Sie kein Auto?"

„Ich spare viel, viel Geld ohne Auto."

„Ich habe geglaubt, Sie haben viel, viel Geld."

„Stimmt, habe ich. Ich gehe aber gerne zu Fuß. Ich bin ein…Naturbursche Außerdem kommt dieses Geld meinem Verein, also den Kindern und Jugendlichen, zugute. Wir benötigen es dringend, um hier weiter helfen zu können."

Emmi lächelte Erik an und äußerte: „Das ist ein feiner Zug von Ihnen. Ich bewundere Sie."

„Das brauchen Sie nicht zu tun. Für mich ist das selbstverständlich. Es macht sogar Spaß."

Armin grinste. „Heute sind Sie alles andere als ein Naturbursche. Sie sind ein vornehmer Herr geworden."

„Das täuscht, das bin ich keineswegs. Diese Kleidung macht es nicht aus. – Aber jetzt muss ich gehen. Die Herren warten bereits auf mich. Bis bald!"

Erik verabschiedete sich von der Familie. Er schlug den Weg über die Felder ein. Er schien es sehr eilig zu haben. Aber plötzlich blieb er stehen und betrachtete seine Schuhe, die schlammig geworden waren. Er schüttelte darüber den Kopf und lief dann trotzdem weiter.

Erik wusste, welches Dilemma viele Kinder und Jugendliche in Deutschland bewegte. Sie litten immer noch schwer an den Kriegsfolgen. 500 Delegierte von Jugend- und Wohlfahrtsverbänden, auch Kirchenvertreter und Mitglieder des Deutschen Bundestags, diskutierten bereits über diese Probleme und sagten sich, dass es so nicht weitergehen könne.

Von den etwa 14 Millionen Jugendlichen waren über 2 Millionen Heimatvertriebene und Flüchtlinge. 1,25 Millionen hatten keinen Vater mehr. Ca. 185 000 lebten in Baracken und Lagern. Etwa 57 000 streunten heimatlos umher. Rund 30 000 waren Vollwaisen.

Viele der 18- bis 25jährigen hatten keine Arbeit. So kam ein Teil von ihnen auf kriminelle Gedanken. Auch die Alkoholsucht war weit verbreitet.

Emmi schrieb ihrer Cousine von ihrem großen Problem mit Jakob. Sie hatte Margarete schon einmal darüber berichtet, aber jetzt war es ihr, als würde sie in ein tiefes Loch fallen und nicht wieder herauskommen.

Sie bat ihre Cousine um einen Rat. „Ich weiß nicht mehr weiter, Margarete. Am Samstag treffe ich mich wieder mit Jakob. Was soll ich ihm sagen? Ich schaffe es nicht, Fridolin für tot erklären zu lassen, weil ich ja nicht weiß, ob er doch noch lebt und womöglich bei den Russen festgehalten wird.

Andererseits habe ich das Gefühl, Jakob will kein Anhängsel mehr sein und möchte mich gerne heiraten, aber das können wir bei dieser Unsicherheit nicht. Was würdest du mir raten?"

Margarete schrieb zurück: „Liebe Emmi, ich würde versuchen, mir Gewissheit zu verschaffen, ob Dein Fridolin vielleicht noch am Leben sein könnte. Schreibe doch einmal an Bundeskanzler Adenauer. Der kennt sich bestimmt aus und weiß, ob noch Kriegsgefangene in die Heimat zurückkehren könnten. Er hat doch gewiss eine Ahnung davon…"

Emmi schickte tatsächlich am nächsten Tag eine Anfrage an den Bundeskanzler. Sie erhielt bald eine Antwort und zwar vom Bundeskanzleramt, nicht von Adenauer persönlich, aber er hatte unterschrieben. Man wisse nicht, ob es bei den Russen überhaupt noch Gefangene gäbe, hieß es. „Sie halten sich mit der Wahrheit zurück. Sollten wir jedoch etwas herausfinden, bekommen Sie sofort Bescheid. Es tut uns leid, Ihnen keine definitive Antwort geben zu können."

Von diesem Brief erzählte Emmi ihrem Freund am Samstagabend, als sie wieder zusammensaßen.

„Was machen wir jetzt?", war Jakobs Frage.

„Wenn es dir zu unsicher mit mir ist, kannst du ja gehen. Es ist dein gutes Recht."

„Emmi, warum redest du von Recht? Es geht doch um Liebe."

„Glaubst du etwa, ich liebe dich nicht?"

Schweigend nahm er sie in die Arme. „Was wird aus uns werden, meine liebe Emmi? Warum macht uns das Schicksal alles so schwer?"

„Vielleicht schieben wir die Hochzeit noch hinaus."

Jakob nickte und entdeckte in Emmis Augen Tränen. Sie erhob sich plötzlich, umarmte ihn und ging wortlos davon. Darüber war er enttäuscht.

Jakob sprach mit seiner Mutter darüber. Sie war der Ansicht: „Es wäre besser, euch voneinander zu trennen. Was hast du davon, wenn sie immer nur auf ihren Mann wartet? Lieber ein Ende mit Schrecken als ein Schrecken ohne Ende."

„Stimmt! Nur leider kann ich mich nicht so leicht von Emmi lösen."

„Ich verstehe dich, Jakob, aber irgendeine Lösung muss es doch geben. Wahrscheinlich findest du auch eine andere Frau, die du wieder lieben kannst."

„Ich liebe aber Emmi und keine andere Frau."

10

Emmi las einen interessanten Bericht in der Zeitung, die sie von ihrer Nachbarin Maria auch heute wieder erhalten hatte:

27. März 1952: Ein an Bundeskanzler Konrad Adenauer adressiertes Paket explodierte beim Öffnen durch den Sprengmeister Karl Reichert im Polizeipräsidium. Der Sprengmeister kam bei der Detonation ums Leben. Die Sprengladung war in einem ausgehöhlten Lexikon versteckt.

Konrad Adenauer verdankte sein Leben der Aufmerksamkeit von zwei 13jährigen Jungen. Ein Mann hatte ihnen am Münchner Bahnhofsplatz ein an den Bundeskanzler adressiertes Päckchen mit der Aufforderung überreicht, es bei der Post aufzugeben.

Als Bruno Bayersdorf und Werner Breitschopp, die beiden Jungen, bemerkten, dass ihnen der Mann folgte, schöpften sie Verdacht und brachten das Paket zur Polizei.

Die beiden Jungen wurden von Adenauer eingeladen, als Helden gefeiert, und erhielten vom Bundeskanzler jeweils eine goldene Uhr.

„Nicht zu fassen, was da geschah", ließ sich Maria vernehmen, als Emmi mit ihr über diesen Bericht sprach.

Eine bundesweite Fahndung mit Veröffentlichung eines Phantombildes brachte die Polizei nicht weiter.

Der Verdacht, eine ausländische Terrorgruppe könne hinter dem Anschlag stehen, erhielt neue Nahrung, als sich eine *Organisation jüdischer Parti-*

sanen schriftlich zu dem Attentat bekannte. In ihrem Schreiben an die Presseagentur *United* Press nannten sie die Wiedergutmachungsverhandlungen als Grund.

Für großes Aufsehen sorgte auch ein weiterer Artikel. Ein Geheimbericht kündigte einen dritten Weltkrieg an. Der Chef der US-amerikanischen Seestreitkräfte dementierte die Existenz eines in der Französischen Tageszeitung *Le Monde* veröffentlichten Berichts seiner Marine-Abteilung. Darin hieß es, die NATO und EVG-Truppen (Europäische Verteidigungsgemeinschaft) in Europa könnten einem sowjetischen Angriff höchstens drei Tage Widerstand leisten. Der Bericht erhielt außerdem die Prognose, dass bis 1960 ein Weltkrieg aufgrund der sowjetischen Bedrohung unvermeidlich sei.

Als Emmi davon erfuhr, war sie außer sich vor Angst. Sollte es tatsächlich noch einmal Krieg geben, und die Männer erneut in den Krieg ziehen müssen? Hatte keiner etwas aus dieser schrecklichen Vergangenheit gelernt? Das fragten sich viele Menschen. Aber ein Krieg fand glücklicherweise nicht statt.

Mit Zuversicht gingen viele Politiker und die meisten aus der Bevölkerung in das Jahr 1953.

Die Rede Bundeskanzler Adenauers klang optimistisch:„Mit Mut und Zuversicht sieht die Bundesregierung den bedeutungsvollen Entscheidungen, die in allen Bereichen unseres staatlichen Daseins im neuen Jahr fallen werden, entgegen."

Der Bundeskanzler wies auf die außen- und sicherheitspolitischen Diskussionen über die europäische Einigung, die deutsche Einheit und die Wiederbewaffnung hin: „Die Regierung wird wie bisher ihre gesamte Kraft auf die Lösung der Lebensfragen des deutschen Volkes konzentrieren, auf die Gewinnung der Freiheit von Besatzungsrecht für die Bundesrepublik Deutschland, die Wiedervereinigung des deutschen Landes diesseits und jenseits des Eisernen Vorhangs in Frieden und Freiheit."

Auch der Bundespräsident Theodor Heuss hielt eine erstmals vom Fernsehen übertragene Neujahrsansprache. Allen Bundesbürgern wünschte er in den politischen Auseinandersetzungen, die noch bevorstanden, ein „festes Herz".

In der DDR war das Jahr 1953 zum „Karl-Marx-Jahr" erklärt worden. Der Präsident Wilhelm Pieck sah die wichtigste Aufgabe darin, die bundesdeutschen Wiederbewaffnungspläne zu verhindern und den Sturz der Bundesregierung zu forcieren. Die DDR, so behauptete er, sei für die Einheit Deutschlands und für den Abschluss eines Friedensvertrags.

Der Parteichef Walter Ulbricht ging jetzt gegen alle Mitglieder vor, die als ideologisch unzuverlässig galten.

Die Säuberungswelle trug zum starken Anstieg der Flüchtlingszahlen bei.

Im Februar 1953 erreichte die Fluchtwelle in der DDR ihren Höhepunkt. 3200 Personen meldeten sich allein an einem Tag in den Westberliner Notaufnahmelagern. Der Weg in den Westen führte meistens über die Berliner Sektorengrenze. Man befürchtete, die DDR könne die Grenzen völlig schließen.

Ministerpräsident Grotewohl warnte die Fluchtwilligen vor „den menschenunwürdigsten Umständen", in denen sie im Westen leben müssten.

Viele Flüchtlinge wurden in Berlin-Charlottenburg vorerst einmal in einer Fabrikhalle auf Strohsäcken untergebracht. Der Bürgermeister von Berlin, Ernst Reuter, dachte über Maßnahmen nach, wie er die Flüchtlinge besser unterbringen könnte.

Einige Flüchtlinge flogen von Berlin-Tempelhof aus in das Bundesgebiet.

Margarete schrieb ihrer Cousine wieder ein paar Zeilen, in denen sie ihre große Sorge um ihre Freundin in der DDR kundtat, weil diese es nicht zu *türmen* geschafft hatte, obwohl es doch Möglichkeiten dazu gegeben hätte. „Ich denke, das kann doch nicht so problematisch sein, über eine Berliner-Sektorengrenze zu fliehen", hatte Margarete ärgerlich in ihrem Brief an Emmi geäußert. Die Cousine in Vierhofen konnte sich jedoch kein Bild davon machen, ob das Flüchten aus der DDR leicht oder schwer sein würde.

Im Februar 1953 standen in der Zeitung große Artikel über die verheerenden Überschwemmungen an der Nordsee, in den Niederlanden, in Belgien und an der Ostküste Englands. 2000 Menschen kamen bei dieser Katastrophe, der schwersten Sturmflut seit 500 Jahren, ums Leben. Das Zusammentreffen des Sturms mit dem durch die Gezeiten bedingten höchsten Wasserstand der Nordsee führte zu dieser Jahrhundertsturmflut, nach der ein Sechstel der Niederlande unter Wasser stand. Für etwa 1800 Menschen, vor allem auf den Inseln im Rhein-Maas-Delta, kam jede Hilfe zu spät. Auch die Landwirtschaft erlitt großen Schaden.

Margarete schrieb an Emmi: „Ich bin außer mir vor Wut. Meine Freundin stand am 17. Juni nur am Straßenrand und hat zugesehen, wie Sowjet-Panzer den Arbeiteraufstand niederwalzten. Ein Polizist hat auf meine Freundin geschossen, und sie hat innere Verletzungen davongetragen. Man weiß nicht, ob sie durchkommen wird. Ihr Vater hat es mir geschrieben. Er will, sobald Evi wieder gesund ist, mit ihr türmen."
In den Zeitungen und auch aus dem Rundfunk wurde berichtet, dass am 17. Juni Sowjet-Panzer den Arbeiteraufstand in der DDR niederwalzten. Die Arbeiter der DDR streikten gegen die Erhö-

hung der Arbeitsnormen (vom Staat vorgegebenes Arbeitspensum). An 272 Orten der DDR wurde gestreikt. Viele Menschen sollten bei gleichem Lohn 10 Prozent mehr arbeiten. Die SED erhöhte den Druck auf die Arbeiter. Der Streik wurde zu einem Volksaufstand, der blutig von der Volkspolizei und vom russischen Militär niedergeschlagen wurde. Insgesamt beteiligten sich etwa 300 000 bis 400 000 Arbeiter und Angestellte daran. Als sowjetische Soldaten mit Maschinengewehren in die Menge schossen, kamen 200 Menschen ums Leben. Andere wurden zum Teil schwer verletzt, weitere wurden in der Folge hingerichtet oder zu Zuchthausstrafen verurteilt.

Mittlerweile wurde im Westen vom DDR-Aufstand des 17. Juni berichtet. Die Niederschlagung der Demonstrationen durch sowjetische Truppen bewies die Abhängigkeit der DDR-Regierung von Moskau.

Doch in den Partei-Zeitungen der DDR wurden die Demonstrationen gegen das SED-Regime als vom Westen initiierte Provokation dargestellt. In einer Zeitung stand die Überschrift: **Provokation westlicher Kriegstreiber!**

Die *Frankfurter Rundschau* schrieb: *Eine bessere Bestätigung der Richtigkeit unserer westlichen Politik, als dieser Vorgang, ist vorläufig nicht zu erhalten…*

Aber in der DDR-Zeitung *Neues Deutschland* stand: *Die neuen Maßnahmen führen dazu, dass die Republik-Flucht jäh zurückgegangen ist.*

Es kehrten im Oktober 1953 wieder Soldaten aus Russland zurück. Sofort wollte Emmi mit ihren Kindern nach Friedland fahren, um dort, wie sie hoffte, Fridolin empfangen zu können. Ihre Freundin Erika fuhr sie und ihre Kinder hin. Diese Soldaten waren von der Sowjetunion begnadigt worden. Es war der siebte Transport deutscher Gefangener aus dem Zweiten Weltkrieg.

Zur Begrüßung läuteten die Kirchenglocken und auf dem Bahnhof spielte eine Feuerwehrkapelle: *Nun danket alle Gott.* Das *Rote Kreuz* schenkte Kaffee aus und verteilte Kuchen und Brote.

Emmi saß im Auto neben ihrer Freundin, die den Wagen chauffierte, und zitterte am ganzen Körper. Einmal hielt Erika an, um sich mit Emmi kurz zu unterhalten, vor allem, um sie zu beruhigen. „Bitte, Emmi, sei nicht so aufgeregt, vor allem nicht traurig, wenn er nicht dabei sein sollte. Nach dieser langen Zeit wäre es nicht verwunderlich. Aber noch besteht Hoffnung."

Emmi gab keine Antwort darauf. Sie nickte nur und senkte den Kopf. Niemand sollte ihr diese Hoffnung nehmen können, bis sie selbst erleben konnte, ob Fridolin mitgekommen war oder nicht.

Gleich musste Emmi die größte Enttäuschung ihres Lebens erfahren: Fridolin war bei den Heimkehrern nicht dabei.

Auf dem Nachhauseweg setzte sich Emmi zu ihren Kindern auf den Rücksitz und weinte mit ihnen bitterlich. Nun schluchzte auch Erika, weil ihr die Familie leid tat.

Zu einem späteren Zeitpunkt erfuhr Emmi, dass sich Bundespräsident Theodor Heuss um die Freilassung der noch Zurückgebliebenen bemühen wollte. Heuss sagte: *Wir müssen auch den letzten Mann noch heimholen.*

Viele Menschen stellten sich die Frage, ob es in der Sowjetunion überhaupt noch überlebende Gefangene gebe.

Der Suchdienst des *Deutschen Roten Kreuzes* versuchte es herauszufinden. Er war hinterher der Meinung, dass der Großteil der ungefähr 67 000 Verschollenen nicht mehr am Leben sei.

Nicht alle Männer erfuhren in der Heimat neues Glück. Manch einer konnte nicht mehr zu seiner Familie zurückkehren, weil sein Platz bereits von einem anderen Mann besetzt worden war.

In Vierhofen hatte sich deshalb ein Mann das Leben genommen. Er war seiner Frau und seinen Kindern ein Fremder geworden. Vor Kummer warf er sich vor ein Lastauto und starb. Dem Fahrer war es nicht mehr möglich gewesen, noch rechtzeitig zu bremsen. Er erlitt einen Schock.

Emmi war untröstlich, weil Fridolin nicht bei den Heimgekehrten dabei war. Die Kinder erschraken über das Verhalten ihrer Mutter. Sie legte sich ins Bett und weinte. Armin kam zu ihr und versuchte sie zu trösten: „Mama, sei doch nicht so traurig Bitte, steh auf." Sein Zuspruch tat ihr gut. Er redete schon wie ein Erwachsener. Emmi wusste, dass er selber litt.

Nun kam auch Monika zu ihr und weinte herzzerreißend. „Mutti, warum liegst du nur noch im Bett? Willst du jetzt sterben?", äußerte sie verzweifelt, worauf Emmi vor Schrecken aus dem Bett sprang. Sie hatte nicht gedacht, dass ihre Tochter sich mit diesen Gedanken befasste. Nein, sterben wollte sie noch nicht. Sie verließ das Schlafzimmer und umarmte ihre Kinder. „Ja, ihr habt recht, das Leben muss weitergehen. Ich will mich damit abfinden, dass unser Papa nicht mehr lebt."

Armin lächelte. „Und was ist mit deinem Jakob? Willst du dich von ihm trennen?"

„Nein, das will ich nicht. Ich muss zu ihm gehen."

Armin nickte. „Das ist jetzt auch wichtig, Mama."

Er verstand seine Mutter. Das tat Emmi gut. Ob sie Jakob mit ihrer Mitteilung, dass Fridolin nicht zurückgekehrt war, neue Hoffnung auf eine Heirat brachte?

Emmi besuchte ihn trotz ihrer schlechten Stimmung. Aber warum ließ sie sich danach ein paar Tage nicht mehr sehen? Für ihn war das rätselhaft. So nahm er an, dass sie unter ihre Beziehung zu ihm einen Schlussstrich gezogen hatte. Doch Emmi benötigte nur Zeit, um mit dieser Situation fertig zu werden und neue Zuversicht schöpfen konnte.

Erst eine Woche später besuchte sie Jakob wieder und bot ihm die Ehe an.

Armin und Monika begannen zu rebellieren. Sie drohten damit, irgendwohin zu gehen, wo man sie nicht finden könne, falls sie Jakob heiraten würde. Diese Drohung machte ihr enorme Angst.

„Sie waren von Anfang an gegen mich", glaubte Jakob, worauf Emmi in Tränen ausbrach. Nachdem sie ihre Augen getrocknet hatte, blickte sie wieder freundlicher und meinte: „Wir müssen versuchen, sie umzustimmen, vor allem müssen sie sich erst an dich gewöhnen. Deshalb solltest du öfter zu uns kommen. Wir könnten Spiele machen und eine lockere Stimmung verbreiten. Wollen wir es versuchen?"

Jakob schüttelte den Kopf. „Nein, so nicht. Deine Kinder sind sehr intelligent. Sie werden uns sofort durchschauen."

„Und wenn schon. Das Leben geht weiter. Das habe ich endlich erkannt. Auch sie werden es erkennen."

Jakob nickte. Er nahm Emmi in die Arme und flüsterte: „Nicht gleich verzweifeln, Liebste. Wir kriegen das schon hin. Geduld ist alles, was wir jetzt benötigen."

„Du meinst, dass Geduld alles erreicht?"

„Das habe ich nicht gemeint. Wir sollten uns dennoch in Geduld üben. Im Falle eines Falles müssen wir auf die Ehe verzichten. Jedenfalls bleiben wir Freunde. Oder willst du, dass ich gehe?"

„Keinesfalls! Fridolin ist sicher tot und… ich liebe dich."

„Ich dich auch. Ich möchte mein Leben mit dir teilen und neben dir im Bett liegen, aber nur, wenn wir wissen, dass Fridolin nicht mehr zurückkehren wird."

Emmi nickte. und dachte: *Das möchte ich doch auch, mein Leben mit ihm teilen. Fridolin habe ich für immer verloren. Warum sollte ich jetzt nicht Jakob lieben? Warum ist alles so schwierig und unsicher geworden?*

Emmi war traurig darüber, dass ihren Kindern das Verständnis für ihre geplante Heirat fehlte.

In den nächsten Tagen suchte sie das Standesamt auf und ließ Fridolin für tot erklären. Sie erzählte den Beamten, dass sie bereits seit Ende des Krieges auf ihn warte und keine Hoffnung mehr bestehe, dass er noch am Leben war. Sie habe seit 1943 keine Nachricht mehr von ihm erhalten und jetzt seien bereits zehn Jahre seitdem vergangen. Auch habe sich das *Rote Kreuz* und noch andere Organisation bemüht, etwas herauszufinden, aber alle konnten nur feststellen, dass Fridolin Brunner verschollen sei.

Auf dem Heimweg schluchzte Emmi, so laut, dass sich einige Leute nach ihr umsahen. Obwohl sie sicher war, dass ihr Mann nicht mehr lebte, war sie über das betrübt, was sie soeben getan hatte.

11

Margarete hielt sich mit ihrem Zorn auf die DDR-Behörde nicht zurück. Sie schrieb an Emmi einen langen Brief und erklärte ihr, was bei der DDR-Behörde jetzt bei einer Ein- und Ausreise zu beachten war.

Emmi wunderte sich darüber, wie kompliziert das jetzt alles in der DDR geworden war.

Für den Besucherverkehr zwischen der Bundesrepublik Deutschland und der DDR waren ab sofort, November 1953, zwar keine Interzonenpässe mehr erforderlich, aber die Bundesbürger mussten neben ihrem Ausweis eine Aufenthaltsgenehmigung von der für ihre Reiseziele zuständigen DDR-Kreisbehörde haben.

Von Westberlinern verlangten die DDR-Behörden weiterhin einen Passierschein.

Die DDR-Bürger mussten vor einer Westreise ihre Ausweise bei der Volkspolizei abgeben und erhielten stattdessen eine Personalbescheinigung.

Dagegen waren bundesdeutsche Grenzbeamte bei der Ein- und Ausreise von der DDR-Bevölkerung schon mit einem Personalausweis zufrieden.

Im Berliner Vorort Staaken verlief die Grenze zwischen Ost und West mitten auf der Straße. Da fragten sich doch viele Menschen, ob das nun wirklich sein musste.

Doch die DDR brüstete sich mit ihrer Freizügigkeit, die überhaupt keine war.

Viele Menschen fragten sich in dieser Zeit, wann endlich die Grenze durchlässiger werden würde.

Trotz allem gelang es Zehntausenden von DDR-Bürgern, ihr Land zu verlassen. In diesem Jahr war es eine Rekordzahl von 331 000.

Der Hunger war in Deutschland immer noch nicht völlig besiegt, obwohl bei manchen Familien der Mittagstisch schon wieder reichlich gedeckt war.

Im Unterschied zu den ersten Nachkriegsjahren hatte der Verbrauch an fett-, eiweißhaltigen und vitaminreichen Produkten zugenommen. Es kamen nun wieder weniger Brot und Kartoffeln auf den Tisch.

Emmi kaufte viel Fleisch und Wurst ein, weil ihre Kinder darum bettelten. Sie waren geradezu gierig danach. Man merkte, dass sich dies die Familie lange Zeit nicht leisten konnte.

Auch Butter besorgte Emmi, doch sie durfte nur sehr dünn auf das Brot gestrichen werden. Die Mutter sorgte auch für gesunde Ernährung mit Obst und Südfrüchten. Dadurch ging ihr Geld schnell weg.

Es gab schon wieder Bananen und Orangen. Armin aß so viel er nur davon essen konnte. Zu seinem Wurstbrot nahm er sich stets eine Banane mit in die Schule. Monika aß sie lieber am Nachmittag daheim.

Man hörte davon, dass Bananen gesund sein sollten. Angeblich hatten sie viel Kalium, was man für eine gute Ernährung benötigte. Man gab die so süßen Bananen auch den Babys gerne.

Sonntags wünschten sich die Kinder immer etwas Besonderes von ihrer Mutter zu Mittag. „Ich kann aber nicht jeden Sonntag einen Braten auf den Tisch stellen. Das hättet ihr wohl gerne, wie?"

„Schon gut, Mama", erwiderte Armin, „Hauptsache, es ist lecker. Fleisch bevorzuge ich immer, wie auch meine Schwester. Frag sie mal?"

„Sie wird schon essen, was ich auf den Tisch stelle. Und du auch. Denkt mal daran, was es noch vor einigen Jahren, gleich nach dem Krieg, gegeben hat."

„Es ist doch schon viel besser geworden", meinte Armin."

Emmi lachte: „Wir werden eines Tages Feinschmecker werden."

Streng wurden jetzt von Lebensmittel-Kontrolleuren die Metzgereien, Bäckereien und Lebensmittelgeschäfte auf die Einhaltung der Hygiene-Vorschriften und Frische der Waren überprüft.

Auch der Käufer konnte sich an das Lebensmittelamt wenden, wenn er den Verdacht hatte, dass eine Ware nicht den Vorschriften des Lebensmittelrechts entsprach. Sogar die Gewichtsangaben mussten genau stimmen.

Die Welternährungslage hatte sich zwar grundsätzlich verbessert, aber in den Ländern Lateinamerikas, Afrikas und Asiens hatten Millionen Menschen immer noch nicht genug zu essen. Nun vernichteten auch noch Heuschreckenschwärme, vor allem in Pakistan und Indien, große Teile der Ernte. Wieder mussten daraufhin die Bürger dieser Länder hungern.

Emmi hatte gestern ein Stück Leberwurst gekauft, wovon sich Armin heute ein Stück abschnitt, in das er mit großem Appetit hineinbiss. Aber er spuckte die Wurst gleich wieder aus, weil sie säuerlich und nicht mehr frisch schmeckte. Emmi hielt sich das große Stück Wurst kritisch unter die Nase und stellte ebenfalls fest, dass es nicht gut roch. Sie brachte die Ware gleich dem Metzger zurück und bat um Ersatz, aber die Frau des Metzgers meinte: „Die Wurst ist in Ordnung. Sie riecht gut." Dagegen behauptete Emmi: „Sie riecht und schmeckt schlecht. Probieren Sie sie doch. Wenn Sie sie nicht umtauschen, wende ich mich an das Lebensmittelamt. Die sollen sie prüfen."

Als Frau Gerner das hörte, rief sie ängstlich: „Das brauchen Sie nicht. Ich gebe ihnen ein anderes Stück Wurst, damit Sie zufrieden sind."

„Es geht nicht um meine Zufriedenheit, sondern darum, dass die Wurst schlecht ist."

„Ich will Ihnen ein anderes Stück geben."

„Warum nicht gleich? Ich probiere die Wurst, ehe ich sie mitnehme." Emmi versuchte ein bisschen davon und stellte fest, dass die Ware in Ordnung war. „Warum drehen Sie mir erst eine verdorbene Wurst an?"

„Halten Sie Ihren Mund, Sie freche Berlinerin."

Emmi grinste. „Was hat das mit Berlin zu tun? Ich möchte sagen, dass *Sie,* nicht ich, ihren Mund zu halten haben, nachdem Sie uns beinahe vergiftet hätten."

„Verschwinden Sie."

„Das mache ich gerne. Gehen Sie immer so mit Ihrer Kundschaft um?"

Frau Gerner schwieg und Emmi zischte beim Hinausgehen: „Ihren Laden betrete ich nie wieder."

Sie nahm sich vor, das nächste Mal bei der Konkurrenz zu kaufen. Zum Glück gab es noch einen Metzger hier im Ort.

Daheim hatten sich die Kinder über die Gelbwurst, die es am Abend geben sollte, hergemacht und sie vollständig aufgegessen. Die Mutter tobte, worauf Armin kess meinte: „Tut mir leid, Mama. Aber wir können sie nicht mehr herausspucken, die Gelbwurst. Sie ist längst verdaut."

„War sie in Ordnung, die Wurst?"

„Nicht ganz, sie war zu wenig", ließ sich Monika grinsend vernehmen.

„Kinder, Kinder, das war doch unser Abendessen", klagte die Mutter.

„Dann essen wir Butterbrot", meinte Armin.

„Nichts da! Zur Strafe esst ihr Margarine. Außerdem ist die Butter rar."

Monika mochte zwar gerne Wurst, aber noch lieber naschte sie Süßigkeiten. Von ihrem monatlichen Taschengeld besorgte sie sich stets Schokolade. Sie aß immer gleich eine ganze Tafel davon.

Bonbons lutschte sie nachts im Bett, bis die Mutter dahinterkam und ihr alle Süßigkeiten wegnahm. Das Taschengeld wurde jetzt gekürzt.

Armin teilte sein Geld besser ein. Er sparte immer noch auf zwei Sessel und auf ein Tischchen. Leider musste er oft Geld für Hefte und Bücher für die Schule ausgeben. Es zog sich einige Zeit hin, bis er sich die ersehnten Möbelstücke leisten konnte. Auf das Tischchen musste er verzichten, weil das Geld nicht dazu reichte. Monika wunderte sich. „Und ich bekomme keinen Sessel?"

Ärgerlich stellte Armin fest: „Du hast dein Geld verfressen." „*Fressen* sagt man zu den Tieren. Ich bin ein Mensch", antwortete Monika wütend, worauf ihr Bruder erwiderte: „Zu dir muss man *fressen* sagen, weil du grenzenlos Schokolade und Bonbons in dich hinein futterst."

Monika schlug zu. Der Streit war wieder einmal perfekt. Davon war Emmi so genervt, dass sie jedem der beiden eine „*Backpfeife*", wie man Berlinerisch sagte, verpasste. Hinterher bereute sie es wieder.

Gegen Abend setzte sie sich mit ihren Kindern zusammen und redete mit ihnen über Jakob. „Ich möchte ihn heiraten. Bitte, bitte gebt euer Jawort dazu. Jakob ist ein sehr netter Mann. Ihr profitiert davon. Ich weiß, dass er Kinder liebt. - Papa kommt nicht wieder, was mir auch sehr, sehr leid tut. Wir werden ihn nie vergessen, ist das klar?"

„Nein, das werden wir nicht."

Sie schwiegen alle drei. Emmi hatte Tränen in den Augen und sagte leise: „Beten wir für ihn."

„Ja, Mama, das tun wir jetzt", erwiderte Armin. Sie erhoben sich von ihren Plätzen und beteten ein „*Vater unser*." Plötzlich schrie Monika: „Papa, komm zurück. Wir lieben dich."

Emmi schluchzte daraufhin und Armin fuhr sich über die feuchten Augen. Dann schwiegen sie alle drei. Am Abend nahmen sie still ihre Mahlzeit ein.

Am nächsten Tag sprach Emmi noch einmal in Ruhe mit ihren Kindern. „Habe ich euch schon gesagt, dass mich Jakob so sehr liebt wie ich euch liebe?"

Die Kinder nickten und schwiegen.

Es ergab sich in den nächsten Tagen noch einmal ein Gespräch mit Emmi und ihren Kindern. Auf einmal hatten die beiden nichts mehr gegen die Heirat ihrer Mutter. Armin hatte mit Monika gesprochen und sie gebeten, auch ihr Ja zu der Heirat zu geben. Er habe sich alles noch einmal überlegt.

Emmi kam dies vor wie ein Wunder. Sie eilte zu Jakob, um ihm das zu erzählen. Sie planten die Hochzeit in 4 Wochen und meldeten sich beim Standesamt an.

12

Dass noch einmal in Kriegsgefangenschaft geratene deutsche Soldaten aus der Sowjetunion zurückkehren könnten, daran hatten Emmi und so viele andere Frauen nicht mehr geglaubt.

Im Lager Friedland begrüßte Konrad Adenauer in der Neujahrsnacht 1954 die heimgekommenen Männer.

Es gab für die Zurückgekehrten nicht Worte genug, um alles, was sie erlebt hatten, erzählen zu können.

Von den in die Heimat Zurückgekehrten wurde Adenauer begeistert empfangen. Ein Sprecher bedankte sich für seine Bemühungen in den vergangenen Jahren. Allerdings bestand über das Schicksal von 96 000 Kriegsgefangenen, die noch in der Sowjetunion bleiben mussten, keine Klarheit.

Emmi war aufgeregt, weil sie ihren Mann für tot erklärt hatte, und er womöglich doch bei den Heimkehrern dabei sein konnte. Aber sie musste feststellen, dass ihr geliebter Fridolin nicht dabei war.

Jetzt wusste Emmi, sie müsse kein schlechtes Gewissen haben, ihren ehemaligen Ehemann für tot erklärt zu haben. Sie war jetzt eine Witwe.

Während die Westmächte alle deutschen Kriegsgefangenen bis 1948 freigelassen hatten, hatte die UdSSR den größten Teil dieser Männer zurückgehalten und als billige Arbeitskraft beim Wiederaufbau des Landes eingesetzt.

Vielleicht verhielten sich die Russen deshalb so brutal, weil die Deutschen im Zweiten Weltkrieg auch schonungslos mit den Rotarmisten umgegangen waren und auch keine Rücksicht auf deren Gesundheit und Leben genommen hatten?

Jakob kam vorbei, um mit Emmi und den Kindern Verlobung zu feiern. Auch seine Mutter war eingeladen, doch sie war zurzeit wieder einmal krank, was sie sehr bedauerte.

Jakob, der erst einmal Emmi den Verlobungsring ansteckte, stieß anschließend mit ihr mit Sekt an. Auch Armin bekam von dem sprudelnden Getränk ein halbes Glas voll und wünschte beim Anstoßen den beiden viel Glück. Monika sollte nur Limonade erhalten. Dagegen protestierte sie. „Ich bin kein Kleinkind mehr und möchte auch Sekt haben." Emmi gab nach und ihre Tochter erhielt einen kleinen Schluck von dem erfrischenden Getränk in ihr Glas. So stieß sie auch mit ihrer Mutter und Jakob an.

Später machten sie sich über die *Kalten Platten* her. Es waren Schnittchen aus Weißbrot mit Schinken darauf, ebenso Käse auf Schwarzbrot. Emmi hatte auch einen Eiersalat, einen Tomatensalat, dazu Radieschen aus dem Garten angeboten. Ihr zukünftiger Ehemann versprach bei dieser Gelegenheit, viel Gemüse im Garten anbauen zu wollen.

Zum Essen setzten sie sich an die festliche Tafel, die mit einer feinen weißen Damast-Tischdecke bedeckt war. Sehnsüchtig streifte Jakobs Blick die bunten Platten und er rief: „Emmi, das ist alles so lecker, so professionell. Ich kann meinen Appetit kaum bremsen."

„Monika hat mir dabei geholfen. Sie hat zum Beispiel die hübschen Röschen aus Radieschen gezaubert."

Jakob betrachtete erst die Röschen, dann das Mädchen. Er dachte: Wie hübsch sie heute angezogen ist mit ihrem dunkelblauen Kleid, das am Ausschnitt mit Spitzen verziert ist. Jetzt lächelte sie besonders gewinnend, was man selten bei ihr sah. „Danke, Monika, du bist ja eine Künstlerin", lobte er.

Ein paar Minuten herrschte Stille, bis Armins kräftige, vorwurfsvolle Stimme ertönte: „Onkel Jakob, was sagst du dazu, dass ich den Tisch ganz allein gedeckt habe?" Jakob zeigte sich erstaunt. „Ehrlich, Armin? Wirklich ganz allein?" „Ja, allein, ohne meine Mama." „Bravo, bravo", rief der Verlobte seiner Mutter. „Das hast du großartig gemacht. Wie im Hotel."Darauf lobte Jakob: „Emmi, du hast so geschickte und liebe Kinder. Das muss unbedingt einmal gesagt werden."

Dass Emmi sich manchmal über Armin und Monika ärgerte, das verschwieg die Mutter momentan. Sie fand, dass Jakob eine reizende Art hatte, Anerkennung auszusprechen.

Ansonsten hielt er sich vorerst mit Worten zurück. Es war bereits zu erkennen, dass er, sobald er bei der Familie eingezogen sein würde, jedes der beiden Kinder besonders beachten wollte. Das tat er ja jetzt bereits.

Zwischen Armin und Jakob gab es öfter interessante Gespräche. Sie redeten auch über die Schule.

Jakob gab den guten Rat: „Lernen, lernen und nochmals lernen. Dann studieren und einen guten Beruf ergreifen." Armin lächelte dazu. Es kam bei ihm sogar ein Gefühl von Freundschaft zu Jakob auf.

Monika hielt sich ihm gegenüber noch etwas zurück, was er vollkommen respektierte.

13

Eine neue Zeit war angebrochen. Es hatte sich in den letzten Jahren manches verändert und einiges zum Positiven gewendet. Die Wirtschaft begann zu wachsen. Dafür hatte bereits der Bundeswirtschaftsminister Ludwig Erhard, der *Vater des Wirtschaftswunders,* gesorgt.

Zum *Wirtschaftswunder* trug auch der Leistungswille der deutschen Bevölkerung bei, ebenso die Währungsreform und die finanzielle Hilfe durch den sogenannten Marshallplan aus Amerika.

Das Bruttosozialprodukt, die Summe der erwirtschafteten Güter und Dienstleistungen, setzte sein Wachstum weiter fort. Der Aufschwung von Kohle und Stahl führte ebenfalls zu Umsatzsteigerungen.

Es gab schon wieder Messen und Ausstellungen. Die Hannover-Messe war die bekannteste in Deutschland. Sie zeigte wieder Neuheiten, besonders solche technischer Art.

Sport und Kultur waren ebenfalls wieder großgeschrieben.

Auch Veranstaltungen gesellschaftlicher Art gab es überall. Besonders Bälle, vor allem im Fasching, wie der bekannte Wohltätigkeitsball in München, der *Chrysanthemenball.*

In Bayern, aber vor allem im Rheinland, in Düsseldorf, Köln, Aachen und in anderen Städten sorgten die neuen Karnevalsschlager bei den Tanzveranstaltungen und Prunksitzungen für beste Stimmung. Viele Menschen konnten dabei die Sorgen der Kriegs- und Nachkriegszeit vergessen.

Jakob und Emmi vergnügten sich auch wie viele andere. Sie besuchten einen Faschingsball.

Diese Veranstaltung im Deutschen Theater in München war anspruchsvoll.

Jakob hatte für Emmi ein entzückendes Kleid in königsblauer Farbe. besorgt. Es nannte sich *Königin der Nacht*. Für diese Kostümierung hatte er viel Geld ausgegeben.

Jakob war ein ausgezeichneter Tänzer und Emmi musste sich erst die richtigen Tanzschritte aneignen. So kam es vor, dass sie ihm öfter auf die Füße trat und „Entschuldigung" murmelte. Ständig wurde sie jetzt von fremden Männern um einen Tanz gebeten. Emmi genoss es, so umgarnt zu werden, bis es Jakob zu dumm wurde. „Wenn du so weitermachst, kannst du allein hierbleiben. Du brauchst mich ja nicht mehr zum Tanzen. Ich fahre jetzt mit dem Bus zurück."

„Nein, bitte nicht", flehte sie ihn an. Dann stritten die beiden zum ersten Mal ernsthaft. Emmi versprach: „Es war das letzte Mal, dass ich mit einem anderen Mann getanzt und dich nicht beachtet habe. Warum hast du mir auch dieses aufsehenerregende Kleid gekauft? In Lumpen hätte mich sicher keiner geholt."

„Es ist doch nicht nur deine Kleidung, es ist dein hübsches Gesicht, deine schöne Figur, deine Anziehungskraft. Außerdem hast du dich auch noch auffällig bunt geschminkt."

Emmi seufzte. „Tut mir leid, Jakob. Ich habe es eher lustig gefunden."

„Lustig, sagst du? Ich fand es kränkend, mich wie einen kaputten Schrank in eine Ecke zu schieben", flüsterte er verärgert.

Sie blickte ihn treuherzig an. „Warum machst du das so dramatisch? Ich habe dies anders gesehen." Er blickte sie böse an. „Ich weiß, du fandest es lustig, mich zu quälen."

„Was redest du da, Jakob? Wieso quälen? Das wollte ich nicht. Du warst eifersüchtig. Solltest du nicht sein. Es hat mir doch so gut getan, dass mich die Männerwelt so beachtet hat. Wenn ich noch einmal tanzen sollte, dann nur noch mit dir. Alle andern wimmle ich ab", versprach sie. „Ist jetzt alles wieder in Ordnung?"

„Klar! Emmi, dir kann man nicht böse sein."

„Nein? Dann werde ich wohl was Schlimmeres anstellen müssen", spaßte sie, worauf beide lachen mussten.

Dass München eine Faschingshochburg war, sprach sich schnell herum. Den Ball im Hofbräuhaus besuchte Maria mit ihrem Mann. Sie hatte hinterher Emmi einiges zu erzählen, unter anderem, dass sie in einer Polonaise durch den ganzen Saal marschiert waren. Maria hatte später zu tun gehabt, ihren Ehemann wieder heim zu bringen. „Er hatte sich nach Beendigung des Balls vor die Tür gestellt und beinahe allen Frauen zum Abschied die Hand gedrückt. Den Damen hat das gut gefallen, nur mir nicht", klagte Maria.

Es gab nicht nur im Fasching, sondern das ganze Jahr hindurch in regelmäßigen Abständen Tanzveranstaltungen, selbst in kleineren Orten wie Vierhofen.

Emmi und Jakob schwangen in diesem Fasching sehr oft das Tanzbein. Während Emmis Abwesenheit kümmerte sich stets Maria um Armin und Monika.

Das Leben war jetzt für viele Menschen wieder interessant, fröhlich und vor allem lebenswert geworden. Dennoch dachten viele an die Kriegs- und Nachkriegszeit zurück. Sie konnten nicht mehr so unbeschwert wie vor dem Krieg sein.

Manche Menschen interessierten sich wieder für Theater und Konzerte. Man konnte auch wieder in Kinos gehen. Es gab lustige und traurige Filme, Liebesfilme, Heimatfilme und besonders viele Kriegsfilme.

Der Kriegsfilm *„Die letzte Brücke" von Regisseur Helmut Käutner* war interessant. Die Schweizerin Maria Schell, eine gefühlvolle Charakterdarstellerin, spielte in diesem Film mit. In diesem Streifen wurden vor allem Kriegserlebnisse aufgearbeitet.

Auch deutsche Autoren arbeiteten die Vergangenheit auf. Heinrich Böll, der in dem schlimmsten Hungerjahr des Ersten Weltkrieges 1917 in Köln geboren worden war, schrieb den Roman *Wo warst du, Adam?*, in dem ein schonungsloses Fazit des Kriegserlebnisses gezogen wurde. Er hatte den Krieg selbst erlebt.

Emmi sah sich einen Film an, in dem Sonja Ziemann und Rudolf Prack ein Liebespaar spielten. Jakob kam mit, obwohl ihn diese Geschichte nicht so interessierte.

Nachdem sie das Kino verlassen hatten, bemerke er: „Ich möchte einmal ein Konzert der *Bamberger Symphoniker* besuchen. Hättest du auch Lust dazu? Ich lade dich ein." „Oh ja, gerne, aber ich bezahle meinen Eintritt selbst. Ich kann mich doch nicht von dir aushalten lassen."

„Was für ein Unsinn. Das tust du doch nicht. Ich werde mich schon mal nach Karten umhören. Was machen wir mit deinen Kindern?"

„Armin passt gut auf seine Schwester auf. Außerdem sieht auch Maria nach ihnen, wenn ich es wünsche. Ich muss es ihr nur sagen. Was täte ich ohne sie?"

„Das habe ich auch schon herausgefunden, dass sie ein helfender Engel ist."

„Ich bin so froh, dass ich sie zur Freundin habe. Heute ist Nelly bei uns daheim. Sie spielen zu dritt Halma und Mühle. Ich habe ein gutes Gefühl dabei."

Jakob nickte. Dann äußerte er: „Wir sollten deine Kinder nicht so oft allein lassen. Wir könnten auch am Abend mal mit ihnen spielen."

„Du hast recht, Jakob. – Weißt du, aber manchmal möchte ich schon aus diesem Ghetto ausbrechen."

Jakob gab sich entsetzt. „Emmi, wie kommst du nur darauf, dein Zuhause ein Ghetto zu nennen?

Weißt du überhaupt, was ein Ghetto ist? Ich habe einmal vom Warschauer Ghetto gehört, wo die Juden wohnen. Ich bedaure sie. Sie waren und sind dort unfrei. Du kannst froh sein, ein so schönes Zuhause zu haben, ein warmes Nest. Emmi, es hat sich so angehört, als wärest du mit deinem Leben unzufrieden. Ist das so?"

„Nein! Es war nur lange eine aufregende Zeit, weil ich auf meinen Mann gewartet und dich hingehalten habe. Ich habe mich damit abgefunden, dass er nicht mehr lebt. Ich liebe dich, Jakob. So ist mein Dasein wieder lebenswert."

„Danke, das freut mich sehr. Mein Leben hat auch wieder einen Sinn. Die Gedanken, als Soldat am Krieg beteiligt gewesen zu sein, sind schauderhaft. Jetzt muss ich immer weniger daran denken, weil ich dich habe. Du bist mein Stern, der mir immer leuchtet. Ach, jetzt strahlst du schon wieder. Ich mag dein Lachen, deinen Blick, deine Augen, die mich verzaubern. Ich mag dich so, wie du bist. Weißt du überhaupt, wie schön du bist, Emmi?"

„Ich weiß es nicht, aber bin ich das wirklich?"

„Ja, das bist du. Deine Schönheit allein, ist es nicht, die mich reizt. Du bist so gefühlvoll, so lebhaft und außerdem interessant. Auch wie du das mit der Erziehung hinbekommst. Emmi, ich habe dich von Anfang an gemocht, heimlich geliebt. Hast du das bemerkt?"

„Ja, schon. Ich habe so getan, als würde ich es nicht wahrnehmen. – Mit der Erziehung ist das so eine Sache. Man macht fortwährend Fehler. Das wird mir immer klarer."

„Du bist sehr verantwortungsbewusst. Deshalb bemerkst du deine Fehler."

Der Verteidigungsminister Theodor Blank plante, eine bundesdeutsche Armee einzuführen. Es gab jetzt Kriegsdienstverweigerer. Die Verweigerung, eine Waffe in die Hand zu nehmen, stand sogar unter dem Schutz des Gesetzes.

Das Gesetz Nr. 94, das bereits am 21.11.47 zustande gekommen war, lautete: *Kein Staatsbürger kann zum Militärdienst oder zur Teilnahme an Kriegsverhandlungen gezwungen werden. Kein Nachteil durfte aus der Geltendmachung dieses Rechts erwachsen.* Der Bayrische Ministerpräsident, gez. Dr. Hans Ehard.

Armin ärgerte es, dass manche Menschen dieses Gesetz nicht ernst nahmen. Er war so froh darüber, dass es das gab. Seiner Ansicht nach war es sehr wichtig. Man konnte jetzt keinen Mann mehr zwingen, zu den Waffen zu greifen, wenn wieder Krieg käme.

Darüber diskutierte Armin mit Jakob. Auch er, der einmal wie so viele andere Soldaten zu den Waffen gezwungen worden war, fand das Gesetz außerordentlich wichtig.

Emmi schrieb Margarete, dass sie sie zur Hochzeit einlade, aber sie könne noch keinen Termin nennen. Die Cousine freute sich jetzt schon auf ein

Wiedersehen mit ihren Verwandten und auf die Feier.

Margarete hatte Emmi auch etwas mitzuteilen. Sie schrieb, dass Moskau der DDR erklärt habe, dass diese jetzt ein souveräner, selbstständiger Staat sei, der über seine inneren und äußeren Angelegenheiten selbst entscheiden solle, wobei besonders das Verhältnis zur Bundesrepublik gemeint war.

In der Bundesrepublik jedoch wurde dieses Vorgehen mit Verärgerung aufgenommen. Man befürchtete einen politischen Druck und dass womöglich eine Vertiefung der Spaltung entstehe, vor allem, dass die DDR ihre Grenzen zu Staatsgrenzen ausbauen könnte.

Margarete hatte Angst, dass die DDR noch mehr Macht erhalten würde. Sie sah es bereits kommen, dass der Berliner Bevölkerung verboten werde, durch die DDR in den Westen zu fahren, aber sie irrte sich.

14

1954 wurde zum ersten Mal in Westdeutschland der 17. Juni als „Tag der deutschen Einheit" gefeiert. Man dachte dabei an den Volksaufstand in der DDR vom Vorjahr. Durch verschiedene Veranstaltungen wollten die Bundesbürger ihre Solidarität mit den DDR-Bürgern zeigen.

Jakob hatte Freude daran, seinen Pflegekindern zu erklären, was im Jahr 1953 in der DDR vorgefallen war: „Viele Arbeiter waren mit ihrem Verdienst und mit dem, was von ihnen gefordert wurde, unzufrieden. Sie klagten außerdem darüber, dass es keine freien Wahlen gab. So gab es 1953 einen Arbeiteraufstand, der von sowjetischen Truppen blutig niedergeschlagen wurde. Es wurden angeblich 300 Menschen erschossen. Sowjetsoldaten, die sich nicht daran beteiligten, auf die Demonstranten zu schießen, wurden hingerichtet."

„Das ist ja schrecklich", entfuhr es Armin und Monika schüttelte den Kopf. Dass es eine DDR gab, wusste Armin, doch Monika hatte sich noch nicht damit beschäftigt. Aber sie freute sich dennoch darüber, dass Onkel Jakob sie über so vieles unterrichtete und auch mit ihnen diskutierte. Auch wenn sie manches noch nicht begriff, hörte sie ihm gerne zu. Vor allem, wenn ihr Bruder etwas zu sagen hatte, lauschte sie.

So versuchte der Pflegevater, den Kindern etwas beizubringen, worüber sich Emmi freute.

An den Vormittagen war Jakob in seiner Selber Firma als Porzellanmaler beschäftigt, auch an manchen Nachmittagen. Emmi war bis Mittag nicht daheim und arbeitete bei ihrer Konservenfabrik. Monika verbrachte die Nachmittage oft mit Nora. Bei ihr erledigte sie meistens ihre Hausaufgaben, was Armin ärgerte. Er hätte seiner Schwester gerne geholfen.

Jakob war außer sich vor Freude, als Deutschland im Juli Fußballweltmeister wurde.

Auf dem Münchner Marienplatz bereitete eine große Menschenmenge der deutschen Nationalmannschaft einen begeisterten Empfang.

Jakob hatte aus seiner Wohnung den Fernseher geholt und ihn im Wohnzimmer der Brunners angeschlossen. Nach der Heirat wollte er ohnehin eine Spedition beauftragen, seine Möbel hierher zu bringen. Es musste noch vieles für seinen Umzug vorbereitet werden. Emmi wollte ihm auch dabei helfen.

Jetzt verfolgte Jakob mit Armin zusammen das hochinteressante Fußballspiel. Heimlich beobachtete Emmi ihren Zukünftigen, der im Gesicht vor Aufregung glühte. Emmi und Monika ließ die Fußballweltmeisterschaft völlig kalt. Sie fertigten miteinander eine Einkaufstasche aus Bast an. Das bereitete ihnen sehr viel Freude. Sie nahmen sich vor, öfter einmal zusammen aus Bast etwas herzustellen. Dazu hatten sie einige Anleitungen.

Nelly kam jetzt wieder öfter herüber und hörte gerne zu, wenn Jakob etwas zu erklären hatte.

Einmal, als Armin und Monika alleine daheim waren, stellte sie den beiden ihren neuen Freund vor. Monika starrte diesen Mann sprachlos an, weil er eine schwarze Hautfarbe hatte. „Ich habe Angst vor ihm, Nelly", klagte sie. „Kommt dieser Mann aus Afrika?"

Nellys Freund erwiderte selbst: „Ich bin ein amerikanischer Soldat. Warum hast du Angst, kleines Mädchen?"

Monika zuckte mit den Schultern. Der Mann sagte: „Menschen haben verschiedene Hautfarben. Hast du das nicht gewusst?"

Monika antwortete nicht. Sie bedeckte ihre Augen mit den Händen und flüsterte ihrem Bruder zu: „Sag, Armin, werden wir jetzt verhaftet?"

„So ein Unsinn, Moni. Dieser Mann ist Nellys Freund. Hast du das noch nicht begriffen?"

„Was ist los, kleines Frolein? Sehe ich wie ein Menschenfresser aus?"

Monika nickte, Armin lachte und Nelly tanzte übermütig im Zimmer umher. Armin entschuldigte sich bei dem Unbekannten. „Entschuldigen Sie, meine kleine Schwester meint das nicht böse."

„Ist schon entschuldigt. Ich heiße John. Darf ich *du* zu dir sagen?"

„Okay!"

„Wie heißt du?"

„Armin." Der Junge lächelte dabei. Als keiner mehr etwas sagte, bat Armin John und Nelly, Platz zu nehmen. „Möchtet ihr Tee oder Kaffee?"

„Gerne Tee", erwiderte John. „Ich weiß, dass man in Deutschland guten Tee macht."

„Ich habe sogar noch vier Stückchen Apfelkuchen dazu", bemerkte Armin.

„Prima", erwiderte Nelly und klatschte in die Hände, worauf John sie verwundert ansah.

„Wie sagt man? Über…"

„Übermütig", half ihm Armin. Er ging gleich in die Küche, um Wasser aufzusetzen. Monika folgte ihm. Sie hatte immer noch Angst.

Als Armin mit dem Tee zurückkam, Tassen und Teller auf den Tisch stellte, dazu einen großen Teller mit Kuchen, griffen die Gäste zu. Monika nahm sich rasch ein Stückchen Kuchen, ohne Tee zu trinken.

„Armin, ich habe ein großes Problem", begann Nelly. „Meine Pflegeeltern verlangen, dass ich mich von meinem Freund wieder trenne. Sie finden ihn zwar nett, aber ich bin erst 17, sagen sie, und noch nicht reif für eine Beziehung."

„Das sehe ich auch so", behauptete Armin und John begann zu singen: „Mit Siebzehn hat man noch Träume, da wachsen noch alle Bäume in den Himmel der Liebe…"

„Bitte, hör damit auf", schimpfte Nelly. „Was soll das?"

„Das habe ich von dir gelernt. - Armin, ich wollte dir sagen, dass Nelly nur von mir träumt, aber diese Leute, die Nellys Eltern sind, mögen mich nicht."

„Stimmt überhaupt nicht", protestierte Nelly.

„Sie mögen mich nicht, weil ich ein Schwarzer bin."

Nelly schüttelte den Kopf. „Nein, so ist es nicht. Sie mögen dich, aber sie wollen nicht, dass wir ein Paar werden." Dann sagte zu Armin: „Ich möchte deine Mutti bitten, mit Maria zu reden. Die beiden sind doch Freundinnen."

„Na gut, komme morgen Nachmittag wieder. Da ist meine Mutter hier", schlug Armin vor.

John lächelte auf einmal. Er sagte: „Mein Deutschmädchen kann mit mir nach Amerika gehen. Schönes, freies Land."

Nelly wusste es besser: „Land der unbegrenzten Möglichkeiten, sagt man."

„Wir könnten doch morgen heiraten", schlug ihr Freund vor.

„Nein, John, morgen noch nicht."

„Ihr möchtet doch nicht mit dem Schnellzug in euer Glück fahren", lachte Armin und schlug vor, dass sie morgen beide kommen sollten, nicht Nelly alleine.

Eine Stunde später waren Jakob und Emmi zurück. Armin erzählte von seinem Besuch. „Mama, du möchtest bei Maria und Friedrich ein gutes Wort für Nelly einlegen. Sie möchte ihren Freund, - du weißt doch, den Amerikaner, nicht mehr verlassen müssen, weil sie ihn liebt, aber ihre Pflegeeltern fordern das."

Emmi zuckte mit den Schultern. „Was soll ich dabei machen? Ich mische mich nicht in fremde Angelegenheiten, Armin. Die Entscheidung liegt doch nicht bei mir."

Armin nickte und schwieg.

Beim Abendessen diskutierten Jakob und Emmi über die Rassenprobleme der USA. Jakob erzählte: „Kürzlich habe ich von einem Kriegskameraden einen Brief und dazu ein amerikanisches Wochenblatt, die *Newsweek,* erhalten. Die Schwester dieses Freundes ist Amerikanerin. Sie hat ihrem Bruder zwei dieser Ausgaben geschickt. Eine habe ich erhalten. In dieser Zeitung steht etwas über das Problem Rassentrennung. Der schwarze Vater eines Schülers aus einem Ort in Kansas ist vor Gericht gezogen, weil die Schulbehörde sich geweigert hat, seinen Sohn in eine nur von weißen Schülern besuchte Schule aufzunehmen. Der Vater hat vor Gericht gewonnen. Ist das nicht fantastisch?", fragte Jakob Emmi, worauf sie nickte. Jakob sprach weiter: „Die Urteilsbegründung lautete in etwa, dass eine Trennung von weißen und schwarzen Kindern schädlich für farbige Kinder sei, weil sie sich minderwertig fühlen könnten. Es steht auch etwas über Abraham Lincoln, den 16. Präsidenten der USA, darin. Er war 1865 von einem Rassenfanatiker ermordet worden. Lincoln hatte die Ansicht vertreten, dass die Negersklaverei ein Unrecht sei. Er hatte dafür gesorgt, dass sie abgeschafft wurde. – Ich füge jetzt noch hinzu, dass kein Mensch das Recht hat, einen anderen Menschen zu besitzen. Das ist ein Grundsatz für unser Leben. – Was ich denke, ist, dass Amerika in Bezug auf Rassentrennung nicht weit vorangekommen ist. Und eines muss ich dazu sagen: Auch in Deutschland bestehen Vorurteile."

Die Kinder und Emmi nahmen intensiv auch an weiteren Gesprächen teil. Monika war immer ganz Ohr, auch wenn sie manches nicht vollkommen verstand. Sie lächelte, als sie sagte: „Aber unsere Mutti besitzt doch auch mich und Armin. Warum sollte sie das nicht dürfen?"

Jakob erwiderte: „Es ist anders gemeint, Moni. Ihr seid doch kein Besitz, ihr werdet von eurer Mutter erzogen und dürft bei ihr leben. Wenn ihr älter, ich meine, erwachsen seid, kann jeder seinen eigenen Weg gehen."

Monika konnte sich das nicht vorstellen. Sie fragte Jakob: „Können wir das wirklich?"

„Wenn ihr den Verstand dazu habt und ein eigenes Einkommen, steht euch nichts im Weg, nicht wahr, Emmi?"

Die Mutter nickte. Jakob fuhr fort: „Das kann jedoch noch dauern. Versucht, euch bis dahin viel Verstand und Wissen anzueignen."

Monika wollte alles genauer wissen: „Onkel Jakob, wann wird das sein, dass wir alleine…?"

„Stopp, Moni", rief Emmi dazwischen, „so einfach ist das nicht. Ihr müsst erst älter werden, noch mehr Geduld mit euch haben und sehr, sehr eifrig lernen. Besonders du, Monika. Erst mit 21 ist man erwachsen. Und manche sind trotz allem noch Kinder und werden nie erwachsen werden."

„Ich will aber erwachsen werden", rief Monika so heftig, dass alle sie überrascht anblickten.

„Und ich mache mit 21 mein Abitur", verkündete Armin stolz.

„Gut so", lobte Jakob. „Dann kannst du studieren oder dir einen Beruf aussuchen."

Emmi hatte schon lange das Gefühl, dass Jakob ihren Sohn beim Lernen und bei seinen Vorstellungen für später stark beeinflussen würde.

„Mit der Rassentrennung haben es die Amerikaner nicht leicht", klagte Jakob.

Armin meinte: „Warum nur? Wir sind doch alle Schwestern und Brüder."

„Emmi lächelte. „Jakob, Armin könnte dein Sohn sein, weil er so oft deiner Meinung ist." Am liebsten hätte sie ihre Worte wieder zurückgenommen, weil Monika mit Bitterkeit in der Stimme erklärte: „Ist er aber nicht. Wir sind die Kinder von Fridolin Brunner."

Beruhigend erklärte Jakob: „Versteh mich doch, ich will nicht euer Vater sein, sondern nur ein Onkel, der euch auch liebt. Bin ich das nicht?"

„Doch, das bist du", riefen Armin und Monika wie aus einem Mund und lächelten Jakob an.

Das war ein riesiges Kompliment für Emmis Mann.

15

Am 13. August sollte die standesamtliche und am Samstag, den 14. August, die kirchliche Trauung stattfinden. Emmi und Jakob hatten sich bereits beim Gasthof „Grüner Baum" für die Hochzeitsfeier am Samstag angemeldet.

Es gab einige Vorbereitungen. Monika benötigte ein weißes Kleid und ein Kränzchen, Armin einen Anzug. Emmis Festkleid für die kirchliche Trauung war cremefarben und überall mit Spitzen besetzt. Es hing schon im Schrank. Freundin Erika war beim Kauf mit dabei gewesen. Sie hatten beide auch ein Kostüm für die standesamtliche Trauung in Weinrot ausgesucht. Der Bräutigam durfte das cremefarbene Festkleid erst am Tag der kirchlichen Trauung sehen.

Die Zeremonien sollten in dem kleinen Kirchlein stattfinden, in dem Emmi Fridolin geheiratet hatte.

Alle Gäste waren bereits geladen. Jakobs Mutter freute sich auch auf das Fest. Vor vierzehn Tagen war sie von Emmi zu einem Nachmittagskaffee eingeladen worden. So konnten sie sich aussprechen. Auch die Kinder waren freundlich zu der alten Dame. Es gab glücklicherweise keine Probleme mehr zwischen den Familien. Darüber war vor allem Jakob froh.

Demnächst wollte Margarete anreisen. Die beiden Cousinen hatten sich viele Jahre nicht mehr gesehen.

Auch Erika mit ihrer Familie und Maria mit ihrem Mann und Nelly freuten sich bereits auf dieses Fest. Maria sorgte dafür, dass Monikas Körbchen mit Blüten gefüllt war.

Armin hatte darauf bestanden, dass auch sein Freund Herbert mit seinem Vater eingeladen wurde. Dagegen war von Emmis und von Jakobs Seite aus nichts einzuwenden. Emmi bemerkte, dass sie sich über jeden Gast sehr freue. Sie kannte Herbert schon gut, und sie war froh darüber, dass Armin ihn als Freund hatte. Seinen Vater kannte sie noch nicht und sie war neugierig auf ihn.

Endlich kam Margarete an. Emmi und Monika holten sie von dem kleinen Bahnhof ab. Die beiden Frauen lagen sich lange in den Armen. „Ich bin so glücklich darüber, dass wir uns wiedersehen können", sprudelte Emmi hervor. Als Margarete Monika die Hand gab, meinte sie: „Du bist also die kleine Monika, von der ich schon viel gehört habe."

„Ich bin nicht klein", protestierte das Mädchen, „ich gehe schon lange zur Schule und bin bald zehn Jahre alt."

„Entschuldige, Monika, du bist wirklich nicht mehr klein. Wie konnte ich nur…" Sie lächelte das Mädchen an. „Verzeihst du mir?"

„Ja, wenn du nicht mehr *klein* sagst."

„Das sage ich nie wieder. Und wo ist dein Bruder?"

„Er ist zu Herbert, seinem Freund, gegangen, kommt aber bald wieder."

Emmi zeigte ihrer Cousine gleich das Zimmer, in dem sie übernachten konnte. Es war im Dachgeschoss als Gästezimmer eingerichtet worden.

„Du hast ein sehr schönes Zuhause, Emmi", fand die Cousine.

„Wir mussten ziemlich schuften, um alles so hinzukriegen. Jakob hat mir dabei sehr geholfen", erwiderte Emmi stolz.

„Möchtest du jemals wieder nach Berlin ziehen?"

„Nein! Aber zu einem Besuch möchte ich gerne kommen."

Margarete blickte sich plötzlich um. „Sag mal, wo ist denn dein Jakob geblieben?"

„In seinem alten Zuhause. Er hatte mir versprochen, gleich herüber zu kommen. Wir essen dann alle zusammen zu Abend. Nach unserer Hochzeit will er gleich zu uns ziehen."

Später kam Armin zur Tür herein. Margarete und er begrüßten einander sehr freundlich. Sie sah zu ihm auf. „Du bist ja schon so groß, dass ich mich auf die Zehen stellen muss, um dir ins Gesicht sehen zu können", meinte sie lächelnd.

Diese Bemerkung gefiel Armin sehr. Er half jetzt seiner Mutter, das Abendessen zuzubereiten. Als Jakob kam, begrüßten Margarete und er einander noch etwas förmlich. Margarete meinte: „Sie sind also der zukünftige Ehemann meiner

Cousine. Wie schön, dass ich Sie kennenlernen darf."

Jakob lächelte. „Ich freue mich auch darüber, dass Sie gekommen sind."

Jakob setzte sich neben Emmi an den Tisch, die die Mahlzeit bereits aufgetragen hatte.

Die Unterhaltung beim Essen war sehr lebhaft. Erst kamen die Kinder zu Wort. Sie gaben sich offen und redeten von der Schule und von ihren Freunden. Margarete hörte ihnen gerne zu. Sie erzählte hinterher von Berlin und bat dann Jakob, vom Krieg zu berichten. Er verzog das Gesicht und meinte, er wolle ihnen nicht die Stimmung verderben. Er habe so Schlimmes erlebt, dass er nicht mehr darüber reden möchte. Er sei so froh, ohne gesundheitlichen Schaden nach Hause gekommen zu sein.

„Entschuldigen Sie", flüsterte Margarete, „das war wohl keine gute Idee von mir."

Jakob hatte einen Vorschlag: „Könnten wir uns nicht duzen?"

„Oh, gerne! Ich bin Margarete und du bist Jakob, das habe ich schon von Emmi erfahren."

Emmi reichte Jakob und Margarete ein Glas Rotwein, um mit ihnen anzustoßen. Auch Armin durfte mit einem halben Glas Wein daran teilnehmen. Er war schon fast neunzehn Jahre alt.

Monika ging vorerst leer aus. Sie ließ sich das nicht gefallen. Sie flüsterte: „Mutti, du wirst mir doch auch ein bisschen Wein zum Anstoßen geben."

„Um Alkohol zu trinken, bist du noch nicht alt genug, mein Kind", murmelte die Mutter. Jakob jedoch meinte: „Emmi, gib ihr doch auch ein bisschen Wein zum Anstoßen. Sie wird nicht gleich betrunken sein. Ich verstehe, dass sie nicht immer Limo trinken will."

Emmi war über die Reaktion Jakobs überrascht. Sie seufzte zwar, aber sie tat trotzdem, was ihr Jakob empfohlen hatte. Monikas Glas wurde jetzt zu einem Achtel mit Rotwein gefüllt. Sie lächelte den zukünftigen Ehemann ihrer Mutter an und äußerte: „Jakob weiß, was Kinder mögen." Emmi war verblüfft. Sie rügte ihre Tochter, indem sie sagte: „Bitte, Moni, sag Onkel Jakob, ja? So haben wir es vereinbart."

Monika nickte nur und war ärgerlich auf ihre Mutter, weil sie von ihr zurechtgewiesen worden war.

Es war ein sehr heißer Tag, als die Trauung von Jakob und Emmi in der kleinen Nikolauskirche stattfand. Die Glocken läuteten bereits und die Hochzeitsgesellschaft setzte sich in Bewegung.

Vorneweg schritt Monika mit ihrem Blumenkörbchen und streute eifrig duftende Blüten auf die Straße. Sie gab sich stolz in ihrem weißen Kleid und dem Kränzchen auf ihrem frisch frisierten Haar.

Neben ihr ging Nora, ebenso eitel im weißen Kleid. Auch sie streute Blüten in den schönsten

Farben. Die beiden Mädchen waren voller Stolz und sahen entzückend aus.

Hinter ihnen schritten die Braut und der Bräutigam nebeneinander her. Gleich darauf folgten Armin und die Mutter des Bräutigams, dahinter Margarete und die übrigen Gäste.

Emmi sah traumhaft aus in ihrem langen, cremefarbenen Kleid, dem Schleier und dem Kränzchen auf ihrem lockigen Haar. Sie trug einen Strauß aus dunkelroten Rosen, den Jakob besorgt hatte. Da sie aufgeregt war, begann sie leicht zu zittern.

Hier in dieser Kirche war sie einst mit Fridolin getraut worden. Ihr Bräutigam glaubte zu ahnen, dass sie ihren damaligen Ehmann niemals vergessen konnte. Als er in ihre feuchten Augen sah, erfasste ihn ein bitteres Gefühl.

Emmi war eine glückliche Braut, auch wenn sie fühlte, etwas Kostbares für immer verloren zu haben.

Beim *Grünen Baum* wurde fröhlich und ausgelassen gefeiert. Keiner der Anwesenden kam auf trübe Gedanken, auch Emmi nicht mehr. Ihr und Jakob gehörte der erste Tanz. Der Ehemann führte. Er drehte sich mit Emmi so schnell im Kreis, dass ihr schwindelig wurde. Sie flüsterte ihm zu: „Bitte etwas langsamer", worauf Jakob eine Pause einlegte.

Er tanzte als Nächstes mit seiner Mutter einen Tango, den sie gut beherrschte, besser als Jakob. Man merkte ihr die große Freude an, dass sie ihren

Sohn glücklich wusste. In letzter Zeit war sie auch mit Emmi öfter zusammengekommen und hatte sie schätzen, ja auch etwas lieben, gelernt.

Später flüsterte die Mutter ihrem Sohn ins Ohr: „Emmi ist die richtige Frau für dich." Keck erwiderte Jakob darauf: „Das habe ich längst vor dir erkannt, liebe Mama." Sie blinzelte ihm zu und meinte: „Ich sag's ja, mein Jakob ist ein Schlaumeier."

Emmi hieß nun nicht mehr Brunner, sondern Ellner. Monika sagte: „So möchte ich auch heißen, Mutti." „Nein, lassen wir's. Du bist die Tochter von Fridolin Brunner." „Aber wenn er doch tot ist. Und was ist mit Armin?" „Er heißt doch auch Brunner", erwiderte die Mutter. Armin war mit seinem Namen zufrieden.

Jakob bemerkte etwas später: „Entscheide du, Emmi, wie sie genannt werden sollen. Mir ist es egal. Wichtig ist mir nur, dass ich gut mit ihnen zurechtkomme. Ich will nur Frieden." Emmi fragte: „Kann man einen Namen später auch noch ändern?" „Ich glaube, das kann man immer. Besser wäre jedoch, es gleich zu tun, wenn du das vorhast, Emmi. Ob das später noch so günstig ist wie jetzt, weiß ich nicht."

Kurzentschlossen beantragte Emmi die Namensänderung. Die Kinder waren glücklich darüber. Die Mutter hatte die beiden vorher gefragt, ob sie das wollten.

Jakobs Mutter hielt sich mit Ratschlägen sehr zurück. Sie wusste, dass ihr Sohn und ihre

Schwiegertochter Wert darauf legten, ihre Entscheidungen selbst zu treffen. Doch sie war für jede Einladung dankbar. Mit der Familie Kontakt zu haben, war ihr äußerst wichtig. Sie freute sich auch riesig darüber, öfter von Monika und Armin Besuch zu haben. Wenn die Kinder sie *„Omi"* nannten, empfand sie das Glück der Zusammengehörigkeit. Armin bot ihr stets an, für sie einzukaufen. „Die Idee ist prima", erwiderte sie.

Auch Jakob besuchte seine Mutter oft, erledigte Besorgungen oder Reparaturen. Er wurde beinahe jeden Tag gebraucht. Manchmal nahm er die Kinder mit. Oder Armin besorgte am Nachmittag selbst etwas für Jakobs Mutter.

Armin kam eines Tages aufgeregt heim und verkündete voller Begeisterung: „Mama, ich habe gehört, dass es fliegende Untertassen, so genannte UFOs, gibt."

„Gehört habe ich das auch schon, aber ich glaube nicht daran, dass es sie gibt."

„Doch, die gibt es, Mama. Unser Lehrer sagt das und Herberts Papa glaubt auch daran."

Emmi lächelte. „Woher nehmen die beiden dieses Wissen? Es ist sehr umstritten, dass es sie gibt. Niemand hat sie wirklich gesehen. Ich glaube, es ist nur Wichtigtuerei."

„Aber Mama, wenn so viele Menschen daran glauben, dann muss es sie doch geben. Unser Lehrer hat gesagt, dass ein amerikanischer Major in seinem Buch *„Der Weltraum rückt uns näher"* schon lange fliegende Untertassen vorausgesagt hat."

„Hör mal, Armin, wie konnte er es voraussagen? Rede mit Onkel Jakob darüber. Er weiß über manches gut Bescheid. – Mich interessiert seine Meinung auch."

„Ich rede mit ihm, aber wo ist er denn?"

„Er kauft Lebensmittel für seine Mutter ein. Auch muss er in die Apotheke gehen, um ihr Hustensaft zu kaufen. Ella hat einen scheußlichen Husten. Wenn es nicht besser wird, muss sie ins Krankenhaus gehen. – Uns bringt Jakob nachher auch etwas zum Abendessen mit."

„Der ist wirklich umsichtig, dein Jakob."

„Mein Jakob ist auch euer Onkel Jakob geworden."

„Stimmt, Mama. Ich unterhalte mich gerne mit ihm. Und wo ist denn unsere Moni?"

„Sie ist bei ihrer Nora."

Armin nickte. „Ich halte nicht viel von Nora."

Emmi war überrascht. „Was hast du an ihr auszusetzen? Sie ist doch in Ordnung."

„In Ordnung? Nee, das ist sie nicht. Du musst bloß mal die beiden bei ihren Gesprächen belauschen."

„Aber das tust du doch nicht wirklich, Armin?"

„Manchmal erfährt man was, was man sonst nie erfahren würde."

„Man muss doch nicht alles wissen, Armin."

„Doch, zum Beispiel, dass Nora mit ihren Sachen angibt und mit dem Reichtum ihrer Eltern."

„Das kann doch nicht wahr sein", entfuhr es Emmi.

„Doch, Mama, das ist die Wahrheit!"

Jakob kam erst gegen Abend heim. Er war nach dem Einkaufen noch länger bei seiner Mutter geblieben, weil er ihr das Abendessen zubereitet hatte.

Monika kam auch erst spät. Emmi sah nach ihren Hausaufgaben. Sie bemängelte ihre schlechte Schrift. Außerdem hatte sie sich verrechnet. Die Tochter ließ diesmal mit Gleichgültigkeit die Rüge ihrer Mutter über sich ergehen.

Beim Abendessen wurde über *„fliegende Untertassen"* geredet. Jakob glaubte auch nicht daran. „Ich habe auch von dem Amerikaner gehört, der gesagt hat, dass Untertassen interplanetarische Maschinen seien, die seit den ersten Atombombenexplosionen die Erde beobachten."

„Wann war diese Atombombenexplosion?", wollte Armin von Jakob wissen.

„Hast du noch nie etwas von Hiroshima gehört?"

„Schon gehört, aber es war zu ungewiss."

„Ungewiss? Wieso das?- Ich will es dir nochmal sagen: In Hiroshima, einer japanischen Hafenstadt, waren von den Amerikanern am 6. August 1945 Atombomben abgeworfen worden, wobei ungefähr 200 000 Menschen ums Leben gekommen und etwa 100 000 verwundet worden sind. So, jetzt weiß du es genauer."

Armin schüttelte den Kopf. „Warum haben die Amerikaner das damals getan?"

„Weil sie die Japaner zur Kapitulation zwingen wollten. Mehr kann ich dir darüber nicht sagen."

„Onkel Jakob, ich will nichts mehr darüber wissen. Ich finde es unerhört, was die Amerikaner getan haben. Sie hätten es nie tun dürfen. Es gibt sicher andere Methoden, mit denen man sich rächen kann, ohne all den Menschen so fürchterlich zu schaden. Was kann die Bevölkerung dafür, dass die Regierung Fehler macht?"

„Gut überlegt, Armin. Aber das Leben ist leider anders. Ja, du hast recht. Was können diese Menschen dafür. Die Kleinen müssen für die Großen, die an der Macht sind, büßen. Oft ist es so. Ich musste auch dafür büßen, dass es Hitler und seinen Anhang gegeben hat. Deshalb ist auch euer lieber Papa nicht mehr am Leben."

Emmi nickte. Sie hatte sich alles mit angehört. Ihr Kommentar war: „Jakob und Armin, ihr habt völlig recht. Was können wir einfachen Leute dafür?"

Über *unbekannte Flugobjekte* wurde in nächster Zeit in der Familie nicht mehr gesprochen, aber für Armin blieb es immer noch ein interessantes Thema. Er redete viel mit Herbert darüber, der eines Tages kam, um Armin zu einem Spaziergang abzuholen. Als sie am Marktplatz vorbeikamen, sah Armin Karli, seinen damaligen Freund, am Brunnen auf der Bank sitzen. Er fragte sich in diesem Moment, wieso ihm der ehemalige Freund untreu geworden war. Jetzt wollte er es unbedingt von ihm wissen. Karli sah auf, als Armin vor ihm stand und fragte: „Sag mal ehrlich, Karli, warum wolltest du damals nicht mehr mein Freund sein? Habe ich dir wehgetan? Ich habe dir doch das Radfahren beigebracht. Und wir haben eine lustige Zeit miteinander gehabt."

Schroff erwiderte Karli. „Lass mich doch in Ruhe. Du hast mich schon mal gefragt."

„Stimmt, aber keine Antwort erhalten. Was also habe ich dir getan? Bist du sauer auf mich?"

Karli schüttelte den Kopf. „Bin ich nicht. Ich habe einen anderen Freund, der besser zu mir passt."

„Warum nicht, es gibt immer bessere Freunde. Ich habe jetzt auch einen besseren, den Herbert."

„Dann lass mich in Ruhe."

„Ich lass dich, aber du bist hinterhältig."

Karli hörte nicht mehr zu. Er sprang plötzlich auf und lief einem Jungen entgegen, der von der Straße kam. Armin vermutete, dass es sein Freund war.

Herbert und Armin gingen weiter. Sie schwiegen erst eine ganze Weile nachdenklich. Dann machten sie eine Kehrtwendung und liefen zur Wiese hinunter, wo sich ein Bächlein romantisch durch den Wiesengrund schlängelte. Herbert blieb stehen und starrte auf das Wasser. „Stell dir mal vor, Armin, als ich noch ein Kind war, haben mein Vater und ich hier Krebse gefangen. Meine Mutter hat sie uns gekocht. Die haben sehr gut geschmeckt. Ich habe es immer noch nicht verarbeitet, dass Mama tot ist. Es ist schon etwas länger als ein Jahr her. Papa und ich werden sie nicht vergessen."

„Es tut mir furchtbar leid, Herbert, dass du keine Mutter mehr hast."

„Danke, Armin."

Armin schwieg mit Herbert eine Weile aus Mitgefühl. Es war eine bedrückende Stille. Dann meinte Herbert: „Krebse gibt es hier schon lange nicht mehr, höchstens Frösche und Kröten. Aber die will doch keiner essen. Alles hat sich seit meiner Kindheit hier verändert. Die Wiesen, das Wasser…"

„Sicher auch du und ich, Herbert, weil wir erwachsen werden und damit ernsthafter."

Herbert stand nachdenklich da und blickte auf seine Schuhspitzen. Er flüsterte: „Armin, das hast du wirklich gut gesagt. Ich bin so froh, dass du mein Freund bist und wir auch einmal ernst miteinander reden können. Das tut so gut."

Armin legte den Arm um Herbert und murmelte: „Du hast Schlimmes erlebt, Herbert. Ich wünsche dir, dass du darüber hinwegkommst. – Du weißt ja, dass mein Vater nicht mehr vom Krieg zurückgekehrt ist. Jetzt ist meine Mutter mit einem sehr lieben Mann verheiratet. Du hast ihn ja bei der Hochzeit kennengelernt."

„Ja. So geht es bei euch doch einigermaßen gut für euch aus. - Nach dem Abitur will ich in Berlin studieren, weil mein Vater dort leben will. Er hat seit einer Woche wieder Kontakt mit einer früheren Studienkollegin aufgenommen. Sieht gut aus mit den beiden."

„Prima! Ich möchte übrigens auch studieren, aber ich weiß nicht, ob ich das Abitur schaffen werde."

Herbert lächelte schon wieder. „Du schaffst das. Wir werden zusammen pauken. Ich helfe dir, wenn du Probleme bekommen solltest."

„Herbert, muss es sein, dass du ausgerechnet in Berlin studierst, wo die DDR so nahe ist? Von ihr gibt es Schauermärchen."

„Kann schon sein, aber ich will doch wieder zu meinem Vater ziehen. Verstehst du das?"

„Ja, ich würde es wahrscheinlich auch so machen."

Sie setzten sich auf eine Bank, auf der *Verschönerungsverein Vierhofen* stand, und sie bewunderten die Schönheit der Wiese mit ihrer bunten Blumenpracht. Es roch so herrlich nach Lindenblüten. Erst fiel Armin, dann Herbert etwas Lustiges aus ihrer Kindheit ein, wobei sie immer vergnügter wurden.

Am Abend redete Armin mit seiner Mutter darüber, wie froh er ist, Herbert kennengelernt zu haben.

Als Monika heim kam, wollte sie sofort von ihrer Mutter wissen, ob sich Jakob auch an ihrem Spielabend beteiligen würde.

„Hat er doch versprochen. Was er verspricht, hält er auch."

„Und was ist mit dir, Armin?", erkundigte sich seine Schwester. Er erwiderte: „Klar bin ich auch dabei."

Als Jakob nach Hause kam, nahm ihn Monika gleich in Beschlag. Bevor das Spiel beginnen sollte, suchte er noch schnell sein Malerzimmerchen unterm Dach auf, um kurz aufzuräumen, denn morgen wollte sein Chef vorbeikommen, um sich die Muster anzusehen, die Jakob für das Porzellangeschirr vorbereitet hatte.

Monika hatte bereits die Kärtchen für das Memoryspiel auf den Tisch gelegt, als Jakob wieder herunterkam. Gerade, als sie mit dem Spielen beginnen wollten, klingelte jemand an der Haustür.

Armin erhob sich, um nachzusehen. Er war sehr überrascht, als Erik Lösner, der Privatier, dem er schon ein paarmal begegnet war, vor ihm stand.

„Hallo, mein Freund. Ich wollte schon lange mal vorbeikommen. Deine Mutter hat mir doch versprochen, dass ich eure nicht mehr benötigten Spielsachen ansehen darf."

„Ja, gern", erwiderte Armin. „Kommen Sie doch herein."

Freundlich wurde Herr Lösner von den übrigen Familienmitgliedern begrüßt. Emmi bat ihn, Platz zu nehmen und lud ihn zu einem Glas Wein ein. „Nein, danke. Sehr nett von Ihnen. Ein Glas Wasser genügt mir. Ich habe noch etwas vor und muss nüchtern bleiben."

Monika blickte den Gast ungläubig an. Sie meinte:

„Aber Wein ist doch besser als Wasser. Ich hätte gerne einen, kriege aber keinen."

„Du bist ja auch noch ein Kind. Sei froh, dass du noch so klein bist."

Monika verdrehte ärgerlich die Augen. „Ich bin ein Kind, aber nicht mehr klein. Ich bin schon bald so groß wie Sie. Sie kriegen meine Puppen nicht, weil Sie sowas sagen und mir keinen Wein gönnen."

Erik machte ein betroffenes Gesicht, aber er schwieg. Emmi rügte ihre Tochter und sagte: „Du kannst nicht etwas versprechen, was du nicht hältst. Also holen wir deine Puppen."

„Na gut", erwiderte Monika und machte einen Schmollmund. Während sie mit ihrer Mutter hinausging, um die Spielsachen zu holen, führte Herr Lösner mit Jakob ein Gespräch: „Ich arbeite für den Jugendschutz. Besonders kümmere ich mich um Waisenkinder", erklärte er. „Jetzt wird der Jugendschutz verstärkt. Es gibt Schriften, die aus dem Verkehr gezogen werden müssen, um die Jugend nicht zu verderben."

„Das klingt gut", erklärte Jakob. „Wissen Sie auch, um welche Bücher es sich handelt?"

„Ich kann nur ein paar amerikanische nennen: *Die Rache ist mein* und *Der große Schlag*. Es gibt auch einige deutsche Bände. Auch gibt es Trickbilder in Comic-Heften, die die sexuellen Fantasien der Jugend anregen. Die deutsche Behörde untersucht gerade unsittliche und den Krieg verherrlichende Publikationen."

Jakob nickte. „Es beeindruckt mich, dass Sie in diesem Verein mitarbeiten."

„Danke! Wir suchen zurzeit für unsere Waisenkinder Eltern, die sie aufnehmen. Viele müssen in Heimen wohnen. Es ist zwar besser als herumzustreunen, aber ideal ist eine Familie für sie."

„Da muss ich Ihnen recht geben, Herr…"

„Mein Name ist Erik Lösner."

Emmi kam mit einer Kiste zurück. Monika hatte ihre nicht mehr völlig heilen Puppen in der Hand und übergab sie Herrn Lösner. „Danke, Monika, für deine Großzügigkeit. Sie sehen noch so gut aus. Gibst du sie wirklich her?"

„Ja. Das Auge ist bei einer verletzt, sehen Sie, und bei der andern ist die Nase gequetscht."

„Nicht schlimm", meinte Lösner, „wir haben Kinderärzte, nein, Puppenärzte, die operieren können. Hast du selbst noch eine Puppe für dich?"

„Ja! Ein Baby, das muss gewickelt werden wie ein echtes. Habe ich zu Weihnachten bekommen und die Eltern meiner Freundin haben mir dazu einen Puppenwagen geschenkt. Wollen Sie ihn sehen?"

„Ja, gerne!"

„Aber den kriegen Sie nicht."

„Nein, nein. Ich will ihn mir nur ansehen."

Monika verließ das Zimmer und kam zehn Minuten später mit dem Wagen, in dem ihre Puppe lag, zurück.

Erik Lösner war davon entzückt. „Wundervoll, wie schön der aussieht, der Wagen. Und so modern."

„Und schauen Sie, mein Baby trägt Windeln. Manchmal sind sie nass und müssen gewechselt werden."

Erik schüttelte den Kopf. „Nein, nein! Die Puppe kann die Windeln doch nicht in echt nassmachen."

„Doch! Sie kriegt Tee, der läuft durch bis zu den Windeln."

Der junge Mann staunte. „Welch ein Fortschritt, und das neun Jahre nach dem Krieg."

Monika lächelte, als sie erklärte: „Der Fortschritt ist noch nicht lange da, meint meine Mutti. Er muss aber weitergehen."

Emmi ließ jetzt Herrn Lösner in die Kiste sehen. Darin lag alles durcheinander. Die kleinen Autos, die den echten täuschend ähnlich waren, zierliche Puppenmöbel, ein Stühlchen, bei dem ein Bein fehlte, ein Tischchen, an dem zwei Beine fehlten.

„Und das sind Armins Bausteine. Er hat jetzt bessere", erklärte Emmi.

„Danke dafür, Armin. Muss ich schon *Sie* zu dir sagen?"

„Nein, erst wenn ich erwachsen bin."

„Mit 21 ist man volljährig."

„So lange warte ich nicht. Ich will schon früher erwachsen sein."

„Nochmals herzlichen Dank euch allen. Wir können alles sehr gut gebrauchen. Ich freue mich über eure Sachen. Ein kleines Mädchen weint immerzu, weil sie keinen Vater und keine Mutter mehr hat. Ich will ihr eine Puppenstube bauen und die reparierten Möbel hineinstellen."

Jakob wandte sich an Lösner. „Setzen Sie sich bitte noch ein bisschen. Erzählen Sie uns doch von Ihrem Wirkungskreis. Der ist sicher interessant." „Vor allem nützlich", schloss sich Emmi an.

„Ich muss leider gleich gehen. Mein Chef wartet schon wieder auf mich. Er hat es immer besonders eilig. Ich mag das gar nicht."

Jakob lächelte Erik Lösner an. „Vor Ihnen und vor allen jungen Leuten, die so sind wie Sie, muss man wirklich den Hut ziehen. Oft wird über die Jugend negativ gesprochen."

Monika grinste, als sie sagte: „Aber Onkel Jakob, wie willst du den Hut ziehen, wenn du keinen aufhast. Soll ich ihn dir holen?"

Alle lachten, am meisten Erik.

„Nicht nötig, mein Mädchen", meinte Jakob, „den habe ich vorhin schon heimlich gezogen."

„Bin ich jetzt dein Mädchen?"

„Bist du schon lange."

„Aber nicht deine Tochter."

„Nein, das finde ich sehr, sehr schade."

Lösner sagte: „Ich muss mich jetzt verabschieden. Nochmals danke. Ich komme gern wieder, wenn Sie es wünschen."

„Ja, das wünsche ich mir, damit Sie alle meine Spielsachen ansehen. Aber alles kriegen Sie nicht."

„Gut, merke ich mir, kleines Fräulein, aber danke für die Puppen. Schönen Abend noch."

Am nächsten Morgen kam Jakobs Chef, Herr Mödler, und betrachtete Jakobs Werke. Die Kinder waren bereits in der Schule und Emmi in ihrer Firma.

Herr Mödler hatte ein Beinleiden. Ihm fiel es schwer, die schmale Treppe hinaufzusteigen. Immer wieder blieb er stehen. Jakob fragte ihn, ob er ihm helfen könne. „Nein, danke. Ich muss es alleine schaffen."

Oben im Zimmer setzte er sich auf einen der Küchenstühle, die Jakob kurz vorher heraufgetragen hatte.

Jakob legte seine Proben auf den Tisch. Der Chef betrachtete alles neugierig. Er stellte fest: „Hier haben Sie ein hübsches Dekor in leuchtendem Grün, das für unser Kaffeeservice geeignet wäre."

Jakob nickte. „Das Geschirr würde noch festlicher wirken, wenn wir durch das grüne Dekor mit den Bögen eine goldene Leiste, die ich hier in Gelb gemacht habe, durchziehen würden."

Herr Mödler gab sich begeistert. „Trauen Sie sich das zu, Herr Ellner?"

„Ja. Ich werde daheim noch fleißig üben."

„Dazu holen Sie sich aus der Firma eine Tasse in zweiter Wahl. Darauf können Sie gut üben. Die Farben dafür nehmen Sie auch mit, aber sparsam sein."

„Das hole ich mir gleich morgen", versprach Jakob.

Herr Mödler nickte. Er fasste sich an die Stirn, weil ihm etwas in den Sinn kam. „Kann es sein, dass ich schon mal in diesem Haus gewesen bin, um einen Angestellten zu besuchen?"

Jakob kam die Erleuchtung. „Sie meinen sicher Fridolin Brunner, der hier gewohnt hatte. Er ist im Krieg geblieben. Ich habe Frau Brunner, seine Witwe, geheiratet. Deshalb wohne ich jetzt hier in diesem Haus."

„Mein Vorgänger hatte ihn nach Berlin zu einem Malkurs zu unserer Zweigfirma geschickt, erinnere ich mich. Haben sich Ihre Wege nicht gekreuzt?"

„Nein! Er muss vor mir in der Firma gewesen sein."

„So wird es gewesen sein. Jetzt muss ich gehen, Herr Ellner. Es wartet noch viel Arbeit auf mich." Er gab Jakob die Hand und meinte: „Wir sehen uns ja bald."

Herr Mödler hatte wieder Schwierigkeiten, die steile Treppe hinunterzukommen.

Jakobs Proben gingen daheim gut voran. Als er mit seinen Übungen zufrieden war, machte er in der Firma weiter. Es dauerte einige Wochen, bis das festliche Kaffeegeschirr fertig dastand. Nun konnte es an den Besteller abgegeben werden. Es brachte viel Geld ein.

Herr Mödler hatte ein besonderes Lob für Jakob: „Wenn Sie so weitermachen, werden Sie bald ein Künstler sein, Herr Ellner. Danke für Ihren Einsatz."

Margarete hatte schon lange nicht mehr an Emmi geschrieben. In der Zwischenzeit hatte sie ihre Mutter zu Grabe getragen. Ein paar Wochen vorher hatte die Achtundsechzigjährige wegen einer schweren Lungenentzündung im Krankenhaus gelegen, aber keiner der Ärzte schien in der Lage zu sein, ihr zu helfen. Margarete war der Meinung, die Ärzte hätten etwas falsch gemacht. Es war doch nicht mehr so wie im Krieg, bei dem man keine Medizin für Lungenentzündung erhalten konnte. Jetzt musste doch das richtige Medikament vorhanden sein?

Margarete, die sehr betrübt über den Tod ihrer Mutter war, fand endlich die Kraft, Emmi zu schreiben:

„Liebe Emmi, ich muss Dir mitteilen, dass meine Mutter verstorben ist, und, was auch noch schlimm ist, mein Vati ist dement. Er war plötzlich verschwunden und ich wusste nicht, wohin er gegangen ist. Zweimal ist er mir schon davongelaufen. Aber jetzt musste ich lange suchen, um ihn zu finden. Zufällig habe ich an die ältere Frau gedacht, die uns gegenüber wohnt und alleine ist. Tatsächlich habe ich meinen Vater dort gefunden. Er wollte nicht mehr heimgehen. Er hatte Frau Engler die Heirat versprochen und sich bei ihr ins Bett gelegt. Ich war erschüttert. Ich hätte ihn beinahe nicht mehr heimgebracht, so wohl fühlte er sich bei ihr. Die beiden Kinder dieser Frau wohnen nicht mehr bei ihrer Mutter. Zufällig kam eine von den Töchtern vorbei. Sie sagte, sie wolle ihre Mutter in einem Heim unterbringen. Ich, liebe Emmi, möchte, dass mein Vater bei mir bleibt, auch wenn es nicht leicht ist, mit ihm zusammenzuleben. Ich muss jetzt eine Pflegekraft einstellen, denn ich bin ja berufstätig. Wovon sollten wir sonst leben? Sicher werden wir etwas Zuschuss bekommen. Ich muss erst einmal das Sozialamt aufsuchen und mich erkundigen.

Manchmal beschimpft mich mein Vati. Ich muss ihn öfter beruhigen und nehme ihn in die Arme. Das tut ihm anscheinend gut. Er lächelte mich dann an. Ach, er kann doch nichts dafür. Vielleicht könntest Du mich besuchen? Ich bin jetzt gespannt auf Deine Antwort, liebe Emmi. Entschuldige nochmals, dass ich deinen Brief nicht gleich beantwortet habe. Jetzt freue ich mich erst einmal auf Deine Zeilen. Bleibt gesund, grüße mir alle Deine Familienmitglieder. Alles Liebe für Dich, Deine Margarete."

Emmi las betrübt den Brief. Ob es allerdings mit einer Fahrt nach Berlin klappen würde, wusste sie noch nicht.

16

Jakobs Mutter wurde 70 Jahre alt. Ihre geplante Feier musste jedoch verschoben werden, weil sie noch schwach von der Grippeerkrankung war. Jetzt bekam sie auch noch Gelenkschmerzen dazu.

Monika wollte ihrer Oma zu ihrem Ehrentag eine Freude bereiten. Sie pflückte einen Strauß Margareten und besorgte dazu eine Schachtel Pralinen. Bei der Übergabe der Geschenke sagte sie: „Omi, ich habe für dich diese Blumen gepflückt. Gefallen sie dir?"

„Sehr und die Pralinen dazu. Die Blumen erinnern mich an meine Kindheit. Auch ich habe einmal meiner Mutter zum Geburtstag einen Strauß Margareten geschenkt. Sie hat die einzelnen Blumen gezählt und gesagt, dass sie noch so lange leben wolle wie der Strauß Blumen habe. Es waren dreißig Stück. Mit etwa 65 Jahren ist meine Mama verstorben. Es waren genau dreißig Jahre. Ich frage mich, ob das wirklich Zufall war. Ich kann es immer noch nicht fassen, dass es so etwas gibt."

Monika lächelte. „Omi, zähle du die Blumen nicht", riet sie Ella.

„Aber warum nicht? Es sind doch viele. Da könnte ich noch lange leben."

Frau Ellner zählte sie. „25 Stück sind es, mein Kind. Ich würde sehr gerne 95 Jahre alt werden."

„Das wünsche ich dir, dass du so lange leben wirst, Omi. Armin und ich, wir kommen gerne zu dir. Und wenn du nicht mehr da bist, vermissen wir dich."

Ella war über die Worte gerührt. Sie umarmte Monika und meinte: „Es liegt nicht an mir, wie lange ich leben werde, sondern an dem, der über uns wacht. Hast du schon mal über Gott nachgedacht."

„Ja, in der Schule. Der Pfarrer hat gesagt: *Gott ist unser Vater.* Ich habe zu ihm gesagt: Mein Vater ist im Krieg gestorben. Ich habe keinen mehr. Ich habe jetzt einen Onkel, der wacht auch über uns."

„Gott ist der Behüter aller Menschen. Er ist der Vater der ganzen Welt. Er liebt uns alle, auch dich, mein Kind."

Monika sah ihre Oma zweifelnd an. Als es läutete, meinte Ella, sie würden ein andermal weiter darüber reden.

Armin war gekommen, um auch zu gratulieren. Er brachte keine Blumen mit, sondern eine riesige Packung Pralinen. Er sagte einen netten Spruch auf und umarmte seine Oma. Sie lächelte, als sie sagte: „Jetzt kann ich bis zum jüngsten Tag naschen. Das gefällt mir. Vielleicht teile ich die Pralinen mit euch, damit ich mir meinen Magen nicht verderbe."

An einem anderen Tag kam Monika vorbei, um ihrer Oma zu helfen.

„Du könntest mir einen Kamillentee aufbrühen", war Ellas Bitte.

Was für ein Pech! Monika stieß an der Tür an und ließ die Glaskanne fallen, die in viele Teile zersprang. Der Tee ergoss sich über den Boden. „Tut mir das leid, Omi", jammerte Monika. „Die schöne Kanne. Ich kauf dir von meinem Taschengeld eine neue."

„Das wirst du nicht tun. Ich habe doch noch eine Kanne, eine aus Metall. Die reicht mir doch."

Monika trocknete den Boden und ließ die Scherben in den Mülleimer fallen. Inzwischen brühte Ella den Tee in der Metallkanne auf. Sie setzten sich beide an den Tisch und aßen zu dem Tee von dem Kuchen, den Emmi gebacken hatte.

Einmal brachte Monika Nora mit. „Omi, das ist meine liebe Freundin Nora", stellte sie vor. „Endlich lernst du sie mal kennen."

„Herzlich willkommen, Nora. Moni, du hast dir wohl die beste Freundin der Welt ausgesucht", meinte Ella liebenswürdig, worauf Monika erstaunt fragte: „Woher weiß du, dass sie die beste Freundin der Welt ist?" Die Oma lächelte geheimnisvoll und erwiderte: „Das muss mir keiner sagen, das sehe ich doch deiner Freundin an der Nasenspitze an."

Monika und Nora lachten vergnügt. Auch sie tranken Tee mit Ella, diesmal Früchtetee. Dazu gab es Nussplätzchen.

Monika meinte, sie müssten bald wieder gehen, weil sie noch einen Aufsatz für die Schule zu schreiben hatten. Ella lächelte. „Da kann ich helfen. Ich habe in der Schule die besten Aufsätze geschrieben. Ich tu es gerne."

Monika schüttelte den Kopf. „Brauchst du nicht, Omi, sonst kriege ich eine schlechte Note."

„Nein, bei meinen Aufsätzen nicht", glaubte Ella, aber Monika behauptete das Gegenteil. Jetzt
war Ella beleidigt.

„Omi, weißt du, warum ich eine schlechte Note
kriege, nicht, weil dein Aufsatz schlecht ist, sondern weil ich meinen Aufsatz nicht selbst schreiben würde. Das mag unser Lehrer nicht. Er weiß,
dass ich schlechte Aufsätze schreibe. Also fällt es
ihm gleich auf."

Ella Ellner beruhigte sich daraufhin rasch wieder. Nora hielt sich die Hand vor den Mund, weil
sie immerzu lachen musste und nicht mehr so
schnell aufhören konnte.

Ella verließ kurz das Wohnzimmer und kam
mit einem ihrer Schulhefte zurück. „Das ist mein
Aufsatzheft", erklärte sie. „Ich lese euch gerne mal
daraus etwas vor, wenn ihr wieder kommt."

„Das kann schon nächste Woche sein", versprach Monika.

Ehe die beiden Mädchen gingen, stellte Ella fest:
„Kinder, ihr habt ja keinen einzigen Keks gegessen. Warum nur?"

Monika grinste, als sie sagte: „Dafür essen wir
sie das nächste Mal alle auf."

17

Der Verkehr in den Straßen nahm immer mehr zu, aber in dem kleinen Ort Vierhofen fuhren nicht mehr als drei oder vier Autos pro Stunde die Straße entlang. In den Städten sah es bereits anders aus.

Als Armin heute zu Fuß - meistens fuhr er mit dem Fahrrad – von der Schule nach Hause ging, glaubte er, seinen Augen nicht zu trauen, als er einen BMW 501 entdeckte, der mit Blumen geschmückt war.

Er erzählte Onkel Jakob davon, der sich mit Autos gut auskannte. „Der Wagen ist erst letztes Jahr, 1953, als Achtzylinder gebaut worden. Die Serienproduktion läuft erst richtig an. Wer hat so viel Geld, sich einen solchen Wagen anzuschaffen? Und mit Blumen war es auch geschmückt, das Auto, sagst du?"

„Ja."

„Ah, jetzt kommt es mir wieder: Norbert Sichel, der früher mein Kollege gewesen ist und jetzt in der Autobranche arbeitet, heiratet heute seine Lieselotte, die schon einige Zeit seine Braut ist. Er wollte das schon lange tun. Aber er hatte wahrscheinlich, wie so manche Menschen, vor der Heirat Angst."

„Kann ich verstehen", bemerkte Armin lächelnd. – „Und weshalb kennst du dich mit Autos so gut aus, Onkel Jakob?"

„Als kleiner Bub", so erzählte er, „habe ich mich bereits für Autos interessiert. Wir waren damals noch in Ulm. – Ich habe jedes einzelne Auto angeschaut, aber das waren zu dieser Zeit noch nicht viele. Und jetzt, Armin, halte dich schnell fest. Ich habe eine Überraschung für dich. Ich bin auch Besitzer eines Wagens geworden. Morgen kann ich ihn abholen, meinen VW. Es ist ein gebrauchter. Ich wollte doch keinen Schuldenberg machen. Von meiner Mutter hab ich auch Geld dazu gekriegt. Emmi, ich wollte sagen, deine Mutter wird womöglich vor Freude in die Luft springen. Meinst du nicht auch?"

Armin zögerte mit der Antwort: „Das ist ungewiss, es sei denn…" Er grinste spitzbübisch, als er weitersprach: „… wir machen mit deinem Auto bald einen schönen Ausflug."

Jakob lachte laut. „Armin, du bist ja raffiniert. Ist doch selbstverständlich, dass wir das machen."

Dem Jungen war jetzt seine Aussage etwas unangenehm. Aber er sprach nach einer Atempause weiter. „Wohin wollen wir denn fahren?"

„Um deiner Mutter einen Gefallen zu tun – und mir übrigens auch, – fahren wir in die Fränkische Schweiz nach Pottenstein und besichtigen die Teufelshöhle. Das wollten wir schon lange machen."

„Ja, wunderbar", stellte Armin fest. „Meine Mama wird sicher Sprünge in die Luft machen, wenn sie das hört. Und erst Moni. Die wird vor Begeisterung jauchzen."

Beides traf dann zu.

Da der Verkehr auf den Straßen zunahm, gab es auch mehr Unfälle als früher. 75% davon wurden von Menschen verursacht, denen Fehler beim Überholen, Rasen oder beim Fahren nach dem Trinken von zu vielem Alkohol passierten. Die Polizei ging mit Testgeräten gegen Alkoholsünder vor.

Manche Verkehrsteilnehmer klagten darüber, dass die Straßen nicht mehr die besten waren. Hans-Christoph Seebohm erstellte ein 10-Jahres-Programm, das die Ausbesserung und den Neubau vieler Straßen vorsah. Auch die Autobahn sollte weitergebaut werden. Die Arbeit war wegen des Zweiten Weltkriegs unterbrochen worden.

Jugendliche und Kinder sehnten sich nach einem Fahrrad, von denen es auch schon viele gab. Für manche wurde der Wunsch zu Weihnachten wahr. Armin hatte ein neues, sogar mit Dreigangschaltung, zu seinem 19. Geburtstag im November dieses Jahres erhalten. Das alte benutzte er nur für die Schule.

Jakob war es, der sich um Armins neues Fahrrad gekümmert hatte. Monika hatte er auch bereits ein kleines Rad versprochen, wozu seine Mutter einen Beitrag leisten wollte. Vielleicht klappte dies noch bis Weihnachten. Monika drängte schon dauernd, weil Nora bereits ein Fahrrad mit allen Schikanen besaß. Dass sie immer das Beste, das es gab, hatte, ärgerte Monika, weil ihre Familie nicht so großzügig sein konnte. Emmi sagte einmal zu ihrer

Tochter: „Du glaubst wohl, das Geld wächst auf Bäumen? Wir müssten es nur herunterholen."

„Warum ist dann die Kasse bei Noras Eltern immer voll?"

„Darüber haben wir schon einmal gesprochen: Sie haben ein Geschäft."

„Warum wir nicht?"

„Wir wollen uns das nicht antun. Das gibt viel Arbeit. Und jetzt übe dich einmal in Bescheidenheit, wie wir alle."

„Armin übt sich auch nicht in Bescheidenheit."

„Doch, das tut er."

Erziehung bedeutete für Emmi und Jakob ein großes Problem. Nur durch Einsicht der Kinder konnte eine gute Erziehung zustande kommen. Das glaubte Emmi. Sie dachte an das, was *Immanuel Kant* gesagt hatte. Sie hatte es in Jakobs Lieblingsbuch gelesen: *Die Erziehung ist eine Kunst, deren Ausübung durch viele Generationen vervollkommnet werden muss. Jede Generation, versehen mit den Kenntnissen der vorhergehenden, kann immer mehr eine Erziehung zustande bringen, die alle Naturanlagen des Menschen proportionierlich und zweckmäßig entwickelt und so die ganze Menschengattung zu ihrer Bestimmung führt.*

Für Emmi war das sehr kompliziert ausgedrückt. Danach konnte sie sich unmöglich richten.

Die Fahrt in die Fränkische Schweiz wurde für die Familie Ellner ein schönes Erlebnis. Leider konnte Jakobs Mutter nicht mitfahren, weil es ihr zu beschwerlich geworden wäre. Der Arzt stellte Rheumaschübe fest. Ella Ellner bekam jetzt eine Betreuung für sich und für ihren Haushalt.

Als Nelly von dem geplanten Ausflug erfuhr, wollte sie auch dabei sein. Sie äußerte, dass sie auch John, ihren Freund, mitnehmen wolle.

„Geht nicht", erklärte ihr Jakob. „Mit dir sind wir bereits fünf Personen. Das Auto ist nur für vier zugelassen. Alle sechs Personen hätten auch keinen Platz darin, es sei denn, es setzt sich einer auf den Schoß eines andern." Jakob meinte das nicht so ernst, aber Nelly erwiderte sofort: „John hätte nichts dagegen, wenn ich mich auf seinen Schoß setzen würde."

Emmi lachte. „Das glaube ich dir sofort. Entweder du fährst alleine mit oder du bleibst zuhause."

Nelly wollte nicht auf den Ausflug verzichten. So blieb ihr nichts anderes übrig, als ohne John mitzufahren.

Monika hatte auch eine Idee dazu: „Ich könnte mich auf Armins Schoß setzen, dann haben wir mehr Platz." Der Bruder gab ihr so einen kräftigen Stoß, dass sie Nelly anrempelte.

„Nein, das geht nicht", stellte Jakob fest. „Wir bleiben so, wie wir gesagt haben. Fünf Personen und nicht mehr. Wir hoffen, dass uns die Polizei wegen einer Person mehr nicht belangt."

„So genau werden sie es sicher nicht nehmen", glaubte Emmi.

As sie in Pottenstein ankamen, rief Monika: „Juhu, jetzt sind wir da." Sie sprang als Erste aus dem Auto.

Über eine vorgelagerte Terrasse erreichten sie die Teufelshöhle. Es standen bereits einige Besucher wartend da. Der Führer begrüßte alle, und er öffnete sofort knarrend die Tür zur Welt imposanter Kunstwerke. Alle stürmten hinein und jeder erhielt eine Laterne, um all die wunderschönen Tropfsteine genau sehen zu können.

Nur langsam ging es in der Höhle voran. Es waren kleine und große Gebilde, die in Millionen von Jahren gewachsen und einige von ihnen so meisterhaft geformt waren, als hätte ein Bildhauer sie geschaffen. Einige Steine waren von unten nach oben gewachsen und nennen sich *Stalagmiten,* die anderen waren von der Höhlendecke nach unten gewachsen und heißen *Stalaktiten.*

Es gab eine Tropfsteininformation, die wie eine kleine Stadt mit Dächern und Türmen wirkte. Ein Stein sah wie ein großes Elefantenohr aus.

Es gab kaum einen Gast, der nicht bei diesen fantastischen, von der Natur in vielen Jahrhunderten geformten, Gebilden ins Staunen kam.

Emmi hörte ihre Tochter „sagenhaft ist das hier" flüstern. Sie überlegte, wie die Natur so etwas Wunderbares zaubern konnte.

Unaufhörlich tropfte es von der Decke. Emmi fasste sich an den Kopf und stellte fest, dass ihre Haare bereits nass geworden waren. Die anderen schienen nichts davon zu bemerken. Die Treppen zu den einzelnen Abteilungen waren so glitschig, dass Monika beinahe ausgerutscht wäre. Manche Gänge waren schmal und niedrig, so dass man sich schlank machen und den Kopf einziehen musste.

Die meisten Besucher fanden es schade, dass die Führung relativ kurz ausfiel.

Draußen spendierte Jakob seinen Angehörigen ein Eis. Sie setzten sich auf eine der Bänke und genossen die Erfrischung. Es war sehr schwül, wohingegen es drinnen angenehm kühl gewesen war.

Plötzlich zog ein Gewitter auf. Die meisten Leute, die hier saßen, merkten nichts davon, aber als der Donner so markerschütternd krachte, wurden die Bänke schnell leer. Ein Mann lag plötzlich flach auf der Bank. Anscheinend hatte er sich fürchterlich erschrocken. Er rang nach Luft. Man rief das Rote Kreuz, das seinen Wagen unten am Parkplatz abgestellt hatte. Zwei Sanitäter legten den Mann auf eine Trage und brachten ihn zum Auto.

Jakob und Gefolge hatten sich bereits erhoben und nahmen im Auto Platz. Hier schleckten sie den Rest ihres Eises, während Jakob ihnen erklärte, dass der Blitz und der Donner Folgen einer elektrischen Entladung seien. Immer käme erst der Blitz, dann würde der Donner folgen.

Für Emmi, Armin und Nelly war das nichts Neues.

Auf der Heimfahrt redeten sie alle lebhaft durcheinander. Jeder stimmte mit Jakobs Meinung überein, der sagte, dass es eine faszinierende Besichtigung der Höhle gewesen sei. Jakob äußerte: „Leider musste der vorgesehene Spaziergang um die Höhle herum bei diesem Wetter ausfallen. Ein andermal haben wir womöglich mehr Glück."

Am nächsten Tag erzählte Jakob seiner Mutter davon.

Ansonsten war Ella immer in die Familie eingebunden. Manchmal ging Jakob mit ihr spazieren, ein andermal Monika mit Armin oder Emmi. Sie liebte es, durch den Ort zu gehen. Jetzt konnte sie sich nur noch mit Krücken fortbewegen. Von Monika wurde sie öfter gefragt: „Omi, hast du einen Wunsch. Wenn du was brauchst, kaufe ich für dich ein."

„Sehr lieb von dir, Moni, aber Jakob wird das meiste für mich erledigen. Er ist schließlich mein Sohn."

„Und ich bin deine Enkelin. Wenn Onkel Jakob mal nicht mag, kannst du mich beauftragen."

Ella lächelte. „*Beauftragen*, sagst du? Das werde ich mir merken. Etwas könntest du für mich tun: meine Porzellanfigürchen abstauben. Dir vertraue ich sie an."

„Das mache ich gerne, die kleinen Figürchen zu säubern. Ich habe sie mir schon oft angesehen."

„Wenn du keines zerbrichst, schenke ich dir zwei davon, die du dir selbst aussuchen kannst."

„Ich werde besonders gut aufpassen und mir die beiden schönsten nehmen."

Jakob sprach mit Emmi darüber, dass es nützlich sei, ein Telefon anschließen zu lassen. Auch bei seiner Mutter sollte dies geschehen, damit man sich öfter nach ihrem Befinden erkundigen könnte.

Als die beiden Kinder das hörten, jubelten sie vor Freude. Nun bestand endlich für sie die Aussicht, mit ihren Freunden telefonieren zu können. Das bedeutete ihnen sehr viel.

„Ich bitte darum, nicht zu viel zu telefonieren. Schließlich kostet jeder Anruf viel Geld", meinte die Mutter.

Zurzeit war Jakob eingespannt. Im Haus mussten Reparaturen vorgenommen werden. Auch Zimmer waren neu zu streichen. Emmi half ihm dabei.

Das Ehepaar verstand einander in jeder Hinsicht gut. Doch eines Nachts hörte Jakob Emmi im Schlaf nach Fridolin rufen. Das berührte ihn sonderbar. Sollte er es seiner Frau sagen oder nicht? Er ließ es vorerst bleiben. Aber etwa vier Wochen später spielte sich das Gleiche noch einmal ab. So erkundigte er sich bei seiner Frau: „Emmi, denkst du noch viel an Fridolin?"

„Ab und zu einmal. Warum fragst du mich?"

„Weil du schon zweimal im Schlaf nach Fridolin gerufen hast. Bist du mit mir nicht glücklich?"

„Sogar sehr. Werte es bitte nicht falsch."

„Das mach' ich nicht. Ich sorge mich nur um dich."

„Kein Grund zur Sorge. Ich habe mich damit abgefunden, dass Fridolin nicht mehr lebt. Wie dieser Traum entstehen konnte, weiß ich doch auch nicht. – Es ist ja alles getan worden, die Soldaten, die noch am Leben waren, zurückzuholen. Aber mit den Verstorbenen kann man das nicht mehr tun."

Jakob wusste zu berichten: „Vor kurzem wurde das *Deutsche Rote Kreuz*, das *DRK*, von der Bundesregierung beauftragt, aufgrund der Hamburger und Münchner Suchkarteien Kriegsschicksale aufzuklären, vor allem in der sowjetischen Gefangenschaft."

„Das habe ich nicht mitgekriegt. Und was ist daraus geworden?"

„Es war erfolglos, weil die Unterlagen aus Geldmangel nicht vollständig ausgewertet werden konnten. Ich glaube, es lag auch daran, dass die sozialistischen Staaten nichts herausgeben wollten. Selbst das sowjetische *Rote Kreuz* wurde dabei eingeschaltet. Nun scheint die Sache abgeschlossen zu sein."

Emmi meinte: „Adenauer und Heuss haben auch ihr Möglichstes dazu beigetragen. Sie haben sich alle große Mühe gegeben. Aber Tote kann man nicht wieder lebendig machen. Ich bin davon überzeugt, dass Fridolin tot ist. Sonst hätte er sich irgendwann bei mir gemeldet. – Sag mal, Jakob, träumst du auch öfter?"

„Ja, verrückte Sachen und traurige. Gestern habe ich geträumt, dass meine Mutter gestorben ist."

„Totgesagte leben länger", erwiderte Emmi.

„Das ist nur ein Spruch. Ich muss damit rechnen, dass sie bald stirbt."

Emmi schüttelte den Kopf. „Sterben müssen wir alle mal. Aber deine Mutter ist noch so munter, vor allem geistreich und voller Fantasie. Die Kinder lieben sie. Ihr fällt doch immer etwas ein, was sie mit ihnen tun könnte. Einmal haben sie Verstecken gespielt. Deine Mutter stand hinterm Vorhang und keiner hat sie gefunden."

Jakob lachte. „Sie hätten doch die zwei Beine meiner Mutter sehen müssen. Ich glaube, das machen sie absichtlich, damit Mama ihren Spaß hat, wenn sie nicht gefunden wird."

„Schon möglich. - Ich bewundere sie. Trotz ihres Rheumas lässt sie sich den Spaß nicht nehmen."

Jakob zuckte mit den Schultern. „Sie hat schon abgebaut. Jetzt merkt man ihr das Alter an."

„Das darf man doch – oder etwa nicht?"

„Gewiss darf man das", bestätigte Jakob.

„Sag mal, Jakob, hast du deinen Vater gekannt?"

„Ja, in Ulm, als kleiner Bub. Er hat so gern mit mir Späße gemacht. Was haben wir gelacht. Er wurde dann sehr krank und hatte auf dem Weg zum Krankenhaus auch noch einen Unfall. gehabt. Daraufhin hat meine Mutter eine Fehlgeburt gehabt. Ich habe dir davon erzählt. Wir haben alle sehr gelitten."

„Kann ich mir gut vorstellen. Jetzt hättest du noch eine Schwester. Ist das traurig. – Auch mir hat das Leben zugesetzt."

„Ja, Emmi. Hoffentlich bleibt es jetzt etwas ruhiger in unserem Leben. Genießen wir zusammen die kleinen Freuden, die uns manchmal auch unverhofft begegnen können."

Jakob legte den Arm um seine Frau und flüsterte: „Immanuel Kant hat gesagt: *Tu etwas, liebe jemanden, hoffe auf etwas.* Das sagt uns doch schon alles."

18

Nelly kam völlig aufgelöst zu den Ellners hinüber, aber sie brachte momentan kein Wort der
Erklärung heraus. Emmi blickte sie verwundert an.
„Was ist passiert, Nelly? Sag schon. Warum redest
du nicht? Ist was mit deinem John?" „Nein, ihm
geht es gut. Er ist in Grafenwöhr zu einem Manöver."

„Nelly, setz dich erst mal."

Das Mädchen nahm auf einem Stuhl Platz. Sie
war leichenblass. Emmi starrte ihre Nachbarin an,
bis diese stotternd hervorbrachte: „Maria und
Friedrich sind mit ihrem Auto unterwegs nach
Bayreuth verunglückt. Die Straße war glatt und sie
sind in den Straßengraben gerutscht. Das Auto hat
sich überschlagen und…"

„Was dann? Nelly, erzähle weiter."

„Maria liegt verletzt im Bayreuther Krankenhaus und Friedrich…" Sie stockte und wurde von
einem Weinkrampf geschüttelt. Emmi hielt sich
die Hand vor die Brust und obwohl sie ahnte, was
jetzt kommen würde, fragte sie leise: „Sag schon,
was ist mit Friedrich?" „Er ist tot und Maria weiß
es noch nicht. Ich konnte es ihr nicht sagen. Ich
krieg das nicht hin." Nelly schluchzte von Neuem.
Emmi verbarg ihr Gesicht mit den Händen. Sie
stöhnte leise vor sich hin und murmelte: „Lieber
Gott, musste das wirklich sein? Die arme Maria hat
nun keinen Mann mehr."

Nach einer kurzen Pause wandte sie sich wieder an Nelly: „Was machen wir jetzt, Nelly?"

„Ich kann es ihr nicht sagen. Sag du es ihr. Ihr seid befreundet."

„Eben deshalb fällt es mir so schwer."

„Ich war heute im Krankenhaus bei Maria. Sie war ansprechbar. Sie hat nach Friedrich gefragt. Ob ich wisse, wie es ihm gehe. Ich habe sie angelogen und gesagt, dass ich es nicht weiß."

„So war es vorläufig das Beste", meinte Emmi.

„Nelly, wir werden einen Weg finden, es Maria schonend beizubringen. Ich denke dabei an Jakob. Der kann sowas besser als ich. Es ist furchtbar traurig, dass dieser Unfall Friedrich das Leben gekostet hat. In drei Wochen ist Weihnachten und Maria wird voller Trauer sein."

Nelly nickte. „Ich bin heute ganz allein daheim und fürchte mich vor der Nacht."

„Dann bleib am besten hier bei uns. Du kannst neben Moni schlafen. Sie hat noch ein zweites Bett im Zimmer und wird es dir sicher erlauben.- Ich frage sie dann."

„Wo ist Armin?"

„Bei ihr im Zimmer. Armin lernt mit ihr für die Schule. Ich hole die beiden gleich herunter. Dann kannst du es ihnen selber sagen. Du darfst zum Abendessen bleiben, Nelly. Ich mache es gleich fertig. Jakob wird sicher auch bald hier sein."

Jakob kam, noch ehe Armin und Monika vom ersten Stock heruntergekommen waren. Er wunderte sich über Nellys Besuch. Emmi berichtete ihm gleich, was passiert war. Er sog die Luft ein und stieß sie wieder heftig aus. Nelly erklärte ihm, wie es zu diesem Unfall gekommen war.

„Das ist ja schrecklich", bemerkte Jakob und fuhr sich über die Augen. „Immer wieder muss etwas passieren, immer und immer wieder. So viele Menschen sterben durch einen Verkehrsunfall. Friedrich tut mir so leid, aber Maria noch mehr. Sie muss ohne ihn auskommen. Sie ist eine so prächtige Frau, nicht wahr, Nelly?"

„Ja!. Sie hat mich von Anfang an wie ein eigenes Kind aufgenommen."

„Wann kommt sie denn wieder heim?"

„Weiß ich nicht."

Emmi rief dazwischen: „Das Schicksal fragt keinen danach, ob er es verdient. Das ist das Traurige. Jakob, könntest du Maria sagen, was mit Friedrich passiert ist? Von uns hat keiner den Mut dazu."

Jakob überlegte einen Augenblick. Dann nickte er und sagte: „Selbstverständlich tu ich das, auch wenn es nicht leicht sein wird."

Friedrichs Beerdigung fand kurz vor Weihnachten statt. Es war ein kalter Tag. Alle hatten sich warm angezogen. Maria hatte einen langen schwarzen Mantel an, einen schwarzen Hut auf und über ihr Gesicht einen schwarzen Schleier gespannt.

Emmi hatte ihre Freundin fest im Arm, damit die Trauernde nicht umfallen oder zusammenbrechen konnte. Davor hatte auch Nelly Angst. Neben ihr stand John, der längst wieder von seinem Manöver zurückgekehrt war. Er hatte die Hände gefaltet und blickte zu Boden. Er war sehr religiös.

Maria fasste immer wieder in ihre Handtasche, um das Taschentuch herauszunehmen, womit sie öfter über die Augen wischte, aus denen Tränen quollen. Ihr Gesicht war vom vielen Weinen rot und fleckig. Sie hatte sich noch nicht mit dem Tod ihres Mannes abgefunden.

In der linken Hand trug sie einen Strauß mit roten Rosen, den sie später auf den Sarg hinabgleiten lassen wollte. Emmis Strauß bestand aus weißen Lilien. Nelly hielt in ihrer Hand eine rote Rose.

Viele Nachbarn und auch unbekannte Leute waren gekommen, um Friedrich König die letzte Ehre zu erweisen.

Der Pfarrer sprach tröstende Worte, aber sie kamen bei Maria nicht an, weil sie zu sehr von Trauer erfüllt war.

Nach der Beerdigung drückten der Witwe viele Menschen die Hand und wünschten ihr viel Kraft und Zuversicht.

Emmi und Jakob luden Maria zu Kaffee und Kuchen zu sich nach Hause ein. Auch Nelly, John, Armin und Monika waren dabei. Sie versuchten, Maria auf andere Gedanken zu bringen.

Es war einer der nächsten Tage. Jakob und Emmi hatten lange mit den Kindern Monopoly gespielt. Erst gegen Mitternacht lagen sie im Bett. Emmi wollte Jakob dringend noch etwas sagen, ehe sie einschlief, und sie drehte sich zu ihm hin. „Stell dir vor, Jakob, ich bin…"

„Was bist du, Emmi?"

„Ich bin entsetzt, weil ich – schwanger bin. Ich wollte doch kein Kind mehr haben."

Jakob war zunächst sprachlos. Damit hatte er nicht mehr gerechnet. Sie hatten ja auch verhütet, aber doch nicht immer, kam es ihm zu Bewusstsein.

„Emmi", rief er, „das ist ja eine großartige Überraschung. Ich werde endlich Vater und bekomme ein eigenes Kind. Ist dir das auch bewusst geworden?"

„Bewusst schon, aber ich will doch dieses Kind nicht haben."

„Was? Du willst das Kind nicht? Es ist doch auch mein Kind. Ich will es."

„Aber ich nicht."

Jakob sprang aus dem Bett. Er hatte ihren Einwand nicht überhört. Dennoch rief er voller Freude: „Emmi, hör mir doch mal zu. Endlich habe ich bald ein eigenes Kind. Stelle dir vor, was mir das bedeutet. Kannst du es dir nicht denken?"

Emmi erhob sich jetzt auch. „Jakob, tut mir leid, aber du weißt doch, dass ich kein Kind mehr großziehen kann. Ich bin nicht mehr dazu fähig."

„Emmi, ich helfe dir doch, wo immer ich kann. Ich bitte dich, bring unser Kind zur Welt."

Sie schüttelte den Kopf. Jakobs Ton wurde heftig. Für Emmi war das ungewohnt. Sie setzte sich auf ihr Bett und weinte. Er nahm neben ihr Platz und flüsterte: „Entschuldige, dass ich dich so angeschrien habe. Wir müssen in Ruhe darüber reden. Morgen ist auch noch ein Tag. Und jetzt gehen wir wieder schlafen."

„Schlafen, sagst du? Wie soll ich da schlafen können?"

„Das wirst du schon."

Sie legten sich beide wieder hin. Emmi konnte nicht mehr einschlafen. Sie fragte sich immer wieder, wie sie es schaffen sollte, ein Baby großzuziehen. Abtreiben war eine schlimme Sache, das sagte sie sich immer wieder. Aber gab es denn eine andere Möglichkeit? Sie war schon bald vierzig Jahre alt und konnte manches nicht mehr so gut leisten wie früher. Ein Kind verlangte volle Hingabe und Zeit. Jakob hatte leicht reden.

Auf einmal hatten sich dunkle Schatten auf ihre bis jetzt so glückliche Ehe gelegt.

19

Jakobs und Emmis Streit war eskaliert. Jakob wohnte jetzt bei seiner Mutter und Emmi weinte den ganzen Nachmittag, weil sie ihren Mann verloren hatte. Es ging um ihre Schwangerschaft. Sie hatte immer noch vor abzutreiben. Sie wollte jetzt mit Maria darüber reden.

Ihre Freundin war immer noch voller Trauer. Sie bat Emmi, Platz zu nehmen. Sie wolle einen Kaffee aufbrühen und sich dann zu ihr hinsetzen.

Als sie nebeneinander Platz nahmen, erzählte Emmi ihr, was sie bedrückte. Maria meinte: „Hier in Deutschland wirst du nicht abtreiben können. Du weißt doch, da gibt es einen Paragraphen. In einem anderen Land ist das möglich. Wenn ich ehrlich sein darf…"

Emmi nickte. „Du solltest unbedingt ehrlich zu mir sein. Wir sind doch Freundinnen."

„Gut, ich sage dir, was ich denke. Und ärgere dich bitte nicht darüber, ja?"

„Nein, ich verspreche es dir."

„Ich rate dir dringend von einer Abtreibung ab. Du musst Jakob verstehen. Es ist sein erstes Kind. Wenn du es ihm nimmst, wirst du nie wieder in Frieden leben können. Außerdem wirst du diesen Mann verlieren. Tu es nicht, Emmi. Ich wünschte, ich hätte damals ein Kind gekriegt. Wir hatten uns so bemüht, Friedrich und ich." Maria schluchzte. „Jetzt ist er tot, mein Mann. Uns war nur ein kurzes Glück gegönnt."

„Schrecklich ist das mit Friedrich. Er wird dir jetzt überall fehlen. – Jetzt erst einmal danke für deine Ehrlichkeit!"

„Ich werde Friedrich nie vergessen können. Er war meistens sehr nett zu mir, manchmal auch ein bisschen brummig. Das war seine Art. Ich war sicher auch nicht immer freundlich zu ihm. Jetzt werde ich bald allein sein, womöglich nur für kurze Zeit. John wurde nach Amerika zurückbeordert."

„Ich weiß. es"

„Ich habe ihr erlaubt mitzuziehen. Sie soll frei sein und über ihr Leben selbst verfügen. Erst werden sie heiraten. Mir ist wichtig, sie wird glücklich, aber dafür gibt es keine Garantie."

„Nein, die gibt es nicht."

„Ich werde womöglich das tun, was mir John vorgeschlagen hat."

Emmi war neugierig: „Was hat er dir vorgeschlagen?"

Maria lächelte zaghaft, obwohl ihre Augen noch nass waren. „Er bietet mir an, zu ihnen nach Amerika zu kommen. Ich könnte dort bleiben, solange ich möchte – auch für immer."

Emmi fand: „Das ist ja ein wunderbarer Vorschlag. Traurig werde ich trotzdem sein, wenn du uns verlassen sollest."

„Ich möchte gerne diese andere Welt kennenlernen."

„Sagt man nicht die *Neue Welt?*"

„Ich weiß es nicht." Maria wischte sich über die noch etwas feuchten Augen. „Ich möchte das auch deshalb, weil ich damit auch Nelly näher sein könnte."

Armin und Monika waren immer noch darüber geschockt, dass Jakob nicht mehr bei ihnen war. Der Sohn fragte seine Mutter, was geschehen war. „Hast du ihm wehgetan, Mama? Oder er dir? Oder hast du einen anderen Mann? Oder hat Jakob eine andere Frau?"

Emmi wurde ärgerlich. „Hör auf, hör auf. Nichts davon trifft zu, Armin. Ich möchte den Grund für mich behalten. Verstehst du das?"

„Nein!"

Die Mutter hatte nicht vor, ihre Kinder aufzuklären. Deshalb klagte Armin: „Jetzt bin ich schon so alt geworden und du hast immer noch kein Vertrauen zu mir, deinem großen Sohn, Mama. Das kann ich nicht verstehen und es tut mir weh."

Monika wurde bissig und schrie: „Warum redest du nicht mit uns darüber, Mutti? Du nimmst uns Onkel Jakob einfach so weg."

„Nicht einfach so", wehrte sich die Mutter. „Er ist von selbst gegangen. Ich habe ihn nicht dazu gezwungen."

Armin blickte vor sich hin. „Aber es muss doch einen Anlass dazu gegeben haben."

Monika blickte böse. „Mutti, du bist schuld daran."

„Wie frech du geworden bist, Monika. Du kannst das nicht beurteilen."

„Doch, kann ich. Armin und ich, wir vermissen Onkel Jakob sehr. Bringe ihn uns zurück, Mutti."

Emmi schüttelte den Kopf. „Kann ich doch nicht."

Spontan entschloss sich Monika dazu, Oma Ella aufzusuchen. Sie hoffte, dort Jakob anzutreffen. Damit hatte sie Glück. Auf ihre Bitte hin, er solle zu ihnen zurückkehren, murmelte er: „Tut mir leid, Monilein, aber ich kann nicht mehr zurückkommen. Deine Mutti und ich sind uns nicht mehr einig."

„Und warum nicht?"

„Ich kann es dir nicht sagen. Es geht nur deine Mutti und mich was an. Also frag nicht mich, sondern sie."

„Du hast doch auch bei Armin und mir gewohnt, nicht nur bei unserer Mutti. Also geht es uns auch was an. Bitte, bitte komm zurück, Onkel Jakob. Weißt du, wir haben dich..." Sollte sie es sagen? „Wir haben...dich lieb", kam es stotternd aus Monikas Mund.

Jakob war gerührt. Er sehnte sich nach den Kindern und nach Emmi zurück, obwohl sie ihn so enttäuscht hatte. Sie war irrtümlich der Meinung, das Kind gehöre ihr als Mutter alleine und sie habe das Recht, es abzutreiben. Am liebsten hätte er jetzt darüber geweint. Stattdessen stöhnte er. Er umarmte Monika und sagte: „Mädchen, bevor ich zurückkomme, müsste ich erst mit eurer Mutter reden und wir müssten uns wieder einig sein. Ich glaube, es wird nicht mehr werden."

Jakob taten die Kinder so leid. Er hatte sich prächtig mit ihnen verstanden, besonders aber mit Emmi. Es war ein schönes Familienleben gewesen. „Dann kommt ihr mal zu uns herüber und wir machen es uns gemütlich", schlug er Monika vor. Er fügte hinzu: „Eure Oma wartet schon lange auf euch. Sie hat sich extra ein Kasperltheater zugelegt. Sie will unbedingt mit euch spielen."

Ella Ellner hatte sich schon alles Mögliche ausgedacht, um die Kinder anzulocken. Sie vermisste sie.

„Wo ist sie denn, unsere Omi?", erkundigte sich Monika.

„Sie hat sich hingelegt. Jetzt dürfen wir sie nicht stören. Ihr könntet sie später anrufen."

Als Monika wieder ging, ließ sie den Kopf hängen. Jakob rief ihr nach: „Grüße Armin von mir und deine…"

„Du meinst, meine Mutti soll ich auch grüßen? Bist du gar nicht böse auf sie?"

„Nein! Ich bin nur traurig."

„Warum, Onkel Jakob?"

„Darüber kann ich nicht mit dir reden."

„Wieso? Mutti redet auch nicht mit uns darüber. Seid ihr denn alle auf den Mund gefallen?"

Monika entschuldigte sich sofort wieder für diesen unartigen Ausspruch. Jakob lächelte sie sogar schon wieder an, als sie ging.

Daheim richtete Monika die Grüße an Armin und an ihre Mutter aus. „Mutti, er ist nicht böse auf dich. Du solltest ihn besuchen."

„Aber das hat er doch nicht wirklich gesagt."

„So ähnlich."

Gleich setzte sich Monika mit ihrem Bruder in seinem Zimmer zusammen. Sie überlegten beide, was sie tun könnten, um Jakob wieder zurückzuholen. Nichts fiel ihnen dazu ein. Monika bat nun ihren Bruder, auch mit zur Oma zu gehen."

„Weißt du, Armin, Onkel Jakob und auch unsere Oma könnten sich über deinen Besuch sehr freuen. Und warum willst du nicht?"

„Solange Mutti und Onkel Jakob nicht miteinander versöhnt sind, werde ich nicht zu ihnen kommen."

Monika war wütend. „Wieso denn nicht? Onkel Jakob kann doch nichts dafür."

„Das kannst du nicht behaupten. Meistens sind zwei an einem Streit schuld. Ach, du willst immer so schlau sein und bist so naiv."

„Und du bist… hirnverbrannt."

„Das nimmst du sofort wieder zurück."

Monika nahm es nicht zurück, sondern rannte aus dem Zimmer. Sie konnte leicht beleidigt, aber auch aggressiv sein.

Nelly kam am nächsten Tag zu ihnen, um die Familie zur Hochzeit einzuladen.

Armin gab sich entsetzt: „Was, du willst heiraten und bist selbst noch ein Kind?", bemerkte er verwundert.

„Unverschämtheit!", antwortete das Mädchen. „Ich ziehe mit John nach Amerika und werde dort eine Amerikanerin sein."

„Gute Aussichten", rief Armin. Er wollte Nelly ärgern.

„Nimm mich mit", rief Monika. „Ich finde drüben auch einen Ami zum Heiraten." Armin grinste und Monika fuhr fort: „In Amerika gibt es doch bestimmt viele Amis, aber ich möchte so einen netten wie dein John."

„Stört es dich nicht, wenn er schwarz sein sollte?"

„Lieber einen Weißen, der Schwarze ist so schwarz."

„Ich helfe dir, einen zu finden."

Armin tippte sich an die Stirn. „Ihr habt wohl beide einen herrlichen Vogel, wie?"

Seine Schwester hatte sofort eine Antwort parat: „Du hast auch einen, einen viel größeren. Der ist nur mal kurz ausgeflogen."

Nelly lachte über das Gezänk der beiden.

Monika erzählte Nelly, dass Jakob nicht mehr bei ihnen war.

„Was? Warum ist er gegangen?"

„Meine Mutti und er haben sich gestritten."

„Man kann sich doch wieder versöhnen. John und ich haben auch gestritten, aber so, dass die

Wände gewackelt haben. Jetzt sind wir bald ein Ehepaar."

„Aber meine Mutti und Jakob sind ja schon lange ein Ehepaar", erwiderte Monika.

Armin lächelte, als er meinte: „Streit gibt es immer mal. Du hast recht, Nelly, es muss eine Versöhnung erfolgen. In unserem Fall sieht das leider nicht so aus. Jakob kommt nie mehr wieder."

Armin fasste sich an die Brust, weil es in seinem Innern schmerzte.

Nelly schüttelte den Kopf. „Ich möchte nur wissen, was da falsch gelaufen ist. Könntet ihr mich nicht aufklären?"

„Aufklären?", wiederholte Jakob. „Es wäre schon gut, wenn wir aufgeklärt werden würden."

„Die beiden haben einen Dickkopf", flüsterte Monika, worauf Armin meinte: „Den hast du übrigens auch, Moni."

Monika war um keine Antwort verlegen. Sie brummte: „Und du brauchst nicht zu denken, dass du so brav wie ein Engel vom Himmel heruntergekommen bist, Armin."

Der Bruder brummte: „Das habe ich noch nie gedacht. Vielleicht bin ich einer mit B, ein Bengel. - Wollen wir noch weiter streiten?"

„Du hast angefangen", behauptete Monika.

„Stimmt nicht. Frag Nelly."

„Ich bin neutral, ich sage nichts dazu. Ich will keinem helfen. Außerdem muss ich wieder gehen. – Wir sehen uns zu meiner Hochzeit, nicht wahr? Vielleicht ist da schon alles wieder in Butter."

„Das glaube ich kaum", erwiderte Armin."

„Wieso sollte das nicht wieder gut werden?"

„Ich habe das Gefühl, dass unser Leben mit Jakob vorbei ist."

„Du alter Pessimist!"

„Das bin ich sonst nicht. Aber unsere Mutter tut nichts dazu, wieder Frieden zu schließen."

„Ja, das stimmt", bestätigte Monika. „Dabei haben sie sich so prima verstanden."

Jakob las gerne Romane oder Tatsachenberichte, die von der Kriegs- und auch von der Nachkriegszeit handelten. In seiner neu abonnierten Zeitschrift waren einige Autoren angeführt, unter anderem auch Heinrich Böll, der den Krieg selbst erlebt hatte. Jakob besorgte sich dessen Buch *„Haus ohne Hüter"*. Darin beschreibt der Autor das Leben mancher Familien, die jetzt ohne Väter ihr Leben bewältigen mussten.

Beim Lesen kam ihm ständig Emmi in den Sinn, die jetzt mit ihren Kindern in ihrem *Haus ohne Hüter* lebte. Wie schade, dass ich nicht mehr bei ihr sein kann, ging es ihm durch den Kopf. Dabei hatte er fest angenommen, er würde für immer Emmis Mann bleiben. Das Schönste im Leben, die Liebe, war ihnen in ihrer Ehe verloren gegangen.

20

Es war Weihnachten geworden, Weihnachten 1954.

Die schweren Unwetter, die kurz vor dem Fest über Teile Europas und der Bundesrepublik hinweg gezogen waren und sogar Todesopfer gefordert hatten, waren am Heiligen Abend wieder abgeflaut.

Margarete hatte Emmi eine Weihnachtskarte geschickt und geschrieben, dass sie mit ihrem Vater feiern würde und sie ständig an ihre Mutter, aber auch an ihre durch den Schuss eines Vopos umgekommene Freundin denken müsse. Sie habe für deren Hinterbliebenen ein mit Kaffee, Süßigkeiten und einer kleinen Flasche Cognac gefülltes Paket geschickt.

Viele Pakete gingen zu dieser Zeit in die DDR, aber manche Sendungen auch von dort in den Westen.

Die Bundespost gab Rekordzahlen bei der Versendung von Paketen an.

So mancher Bürger im Westen machte einen Besuch bei Verwandten in der DDR.

Papst Pius XII in Rom zeigte sich am Fenster des Petersdoms und gab der Bevölkerung den Segen.

Konrad Adenauer erklärte: „Wir wollen vor allem Gott dafür danken, dass er unserem Land den Frieden gegeben hat." Der Bundeskanzler besuchte mit seiner Tochter ein Waisenhaus in Bonn.

In Vierhofen fand in einer Gastwirtschaft eine von amerikanischen Soldaten organisierte Bescherung für Waisenkinder statt. Erik Lösner mit seinem Verein für Waisenkinder schloss sich den Amerikanern an. Ebenfalls dabei war John mit seiner frisch angetrauten Frau Nelly. Sie halfen beide mit, nicht nur Waisenkinder, sondern auch arme Kinder und Jugendliche zu beschenken. Zum Schluss gab es von den Amerikanern auch noch Plätzchen, Bonbons, Chewinggums und Lebkuchen.

Bei Emmi, Monika und Armin ging es heute anders zu als zu früheren Weihnachtsfesten. Sie waren traurig, weil Jakob nicht mehr zu ihnen zurückgekommen war.

Er und seine Mutter meldeten sich nicht mehr bei der Familie. Monika und Armin waren genauso wie Emmi davon überzeugt, dass Jakob nicht mehr zurückkommen würde. Den Kindern blieb es ein Rätsel, warum ihre Mutter und er aufeinander böse waren.

Längst hatte sich Emmi besonnen und war dazu bereit, das Kind, das sie unter dem Herzen trug, anzunehmen. Aber wie sollte sie ihrem Mann ihr Umdenken mitteilen, wenn er nicht vorbeikam und sie nicht wagte, ihn aufzusuchen? Sie hatte sich vorgenommen, sich wieder mit ihm zu versöhnen. War es nicht lächerlich von ihr, daran zu denken, ihm einen Brief zu schreiben, wo sie so nahe beieinander wohnten? Warum gelang es ihr nicht, bei ihm vorbeizugehen, und ihn zu bitten, zurückzukommen?

Monika und Armin verstanden ihre Mutter nicht. Warum konnten sich Jakob und sie nicht miteinander versöhnen? Es war Weihnachten, ein Friedensfest für alle Menschen. *Friede den Menschen auf Erden*, hieß es.

Emmi hatte immer noch im Gedächtnis, wie sich die Kinder anfangs gegen Jakob aufgelehnt hatten. Beide hatten sie ihn nicht willkommen geheißen. Dann war das große Wunder geschehen, dass Jakob die Herzen der Kinder erobert hatte und Armin und Monika in ihm nicht nur den Onkel Jakob, sondern schon beinahe einen Vater gesehen hatten. Es war eine glückliche Zeit für die Familie gewesen.

Doch jetzt war alles nur noch ein Scherbenhaufen.

Am Abend kam Herbert vorbei, um Armin zum Besuch der Christmette abzuholen. Er wunderte sich über die gedrückte Stimmung, aber Armin verriet ihm nicht, was in der Familie geschehen war.

Monika besuchte mit Nora die Kirche.

Emmi blieb traurig daheim und schluchzte vor sich hin. Weihnachten, das Fest des Friedens, schien an ihr ungeachtet vorüber zu gehen.

Unter dem so wundervoll von ihren Kindern dekorierten Weihnachtsbaum lagen auch noch Puppenkleider für Monika und für Armin ein Metallbaukasten besonderer Art. Emmi hatte ihn sich von Erika besorgen lassen. Die Bekannte hatte auch selbst für Monika ein Geschenk dagelassen: Eine Schachtel hochwertiger Malstifte. Sie wusste, dass Monika ein Talent zum Malen und Zeichnen besaß, worum Nora sie beneidete. Monika wiederum beneidete ihre Freundin um die schönen Spielsachen und um die hübschen Kleider.

Als Monika und Armin von der Christmette zurückkamen, hatte Emmi bereits einen Punsch zubereitet. Sie setzten sich an den Wohnzimmertisch und nippten davon. „Singen wir wie jedes Jahr *stille Nacht, heilige Nacht…*", schlug die Mutter vor.

Monika nickte und sagte: „Oh ja, gerne." Aber Armin gab keine Antwort und dachte: *Soll das jetzt Weihnachten sein? Ich kann es nicht fassen, was meine Mutter und Jakob daraus gemacht haben.*

Er sang trotz allem mit. Als er zu seiner Mutter hinübersah, entdeckte er Tränen in ihren Augen. *Nahm denn die Trauer überhaupt kein Ende mehr?* ging es ihm durch den Kopf.

Emmi brach das Lied plötzlich ab, weil sie schluchzen musste. Während sie sich erhob, ging Armin auf sie zu und umarmte sie. „Nicht mehr traurig sein, Mama. Ich weiß, wie sehr dich das alles trifft. Erst hast du Fridolin, unseren Vater, verloren und jetzt Jakob. Ja, so etwas tut weh. Mich und meine Schwester schmerzt das auch, nicht wahr, Moni?"

„Ja, sogar sehr."

Emmi seufzte. „Warum ist Gott so grausam zu mir, was habe ich nur verbrochen?", klagte sie und fügte hinzu: „Macht es euch was aus, wenn ich mich ins Bett lege? Mir ist nicht gut."

„Bitte, Mutti, leg dich nicht ins Bett. Wir wollen doch feiern."

Emmi nickte. Sie suchte das Bad auf. Ihr war so übel, dass sie erbrechen musste.

In diesem Moment läutete es an der Haustürglocke. Monika und Armin sahen einander erschrocken an. „Wer kann jetzt so spät am Abend noch stören?", wunderte sich Armin.

„Das wird das Christkind sein", glaubte Monika.

„Das Christkind, Moni, gibt es überhaupt nicht."

„Doch, es ist in einem Stall geboren worden, hat der Pfarrer gesagt."

„Das echte Christkind, ja, aber keines, das Geschenke bringt."

Es läutete bereits ein zweites Mal.

„Mach du auf", sagte Armin zu Monika.

„Wieso ich? Warum nicht du?"

„Komm, Moni, bitte, bitte, tu mir diesen Gefallen und mach auf", murmelte er.

„Was ist los? Hast du Angst?"

„Ja", gab er zu.

Sie lief zur Tür und öffnete. Ein Freudenschrei drang durch das ganze Haus. Monika glaubte, ihren Augen nicht trauen zu können, als Jakob und seine Mutter vor ihr standen. Sie ließ die beiden eintreten, die erst das mitgebrachte Paket auf dem Boden abstellten, ehe sie Monika umarmten. Auch

Armin kam jetzt hinzu und ließ sich von Onkel Jakob und dessen Mutter in den Arm nehmen.

Jakob, der vorausging, sah sich im Zimmer um und stellte erschrocken fest: „Sagt mal, ist eure Mutter nicht hier?"

„Doch", erwiderte Armin. „Sie ist nur im Bad."

Jakob war beruhigt: „Dann ist es ja gut."

„Bitte, setzt euch", bat Armin. „Darf ich euch einen Punsch anbieten?"

Jakob lächelte und dachte: *Was für ein netter Junge Armin ist. Wie höflich er ist. Genau wie seine Mutter.*

„Gerne!", antwortete Ella erfreut, worauf Monika Gläser holte und einschenkte.

Kurz darauf kam Emmi aus dem Bad. Vor Überraschung blieb ihr der Mund offen. Dann gab sie einen Freudenschrei von sich, der sich in der Umarmung von Jakob und Ella auflöste.

„Ich weiß gar nicht, was ich sagen soll. Ich freue mich riesig darüber, dass ihr gekommen seid", ließ sie vernehmen. Sogleich stellte sie fest: „Ich sehe schon, Monika und Armin haben euch bereits bedient. Ich hole noch die Plätzchen. Dann stoßen wir an."

Als sie zurückkehrte, nahm jeder sein bereits gefülltes Glas in die Hand, auch Armin und Monika hatten ihres halb gefüllt, und Jakob rief: „Stoßen wir darauf an, dass Friede in unserer Familie werde."

„Ja, auf den Frieden in unserer Familie", wiederholte Emmi und lächelte Jakob zu.

Er betrachtete Emmi genauer, und er fand, dass ihre Augen verschleiert waren. Ihm kam sie heute besonders reizvoll vor. Außerdem gefiel ihm ihr festliches dunkelblaues Kleid mit dem weißen Kragen sehr. Es war das gleiche, das ihre Tochter trug.

Jakob wunderte sich, dass sich Emmi auf einmal erhob und mit ihrer sympathischen Stimme äußerte: „Hört mir doch bitte einmal zu. Ich habe euch eine Botschaft zu verkündigen…"

„Ja, Mutti", rief Monika dazwischen, „wir hören dir zu."

Emmi fuhr fort: „…Bald werden wir ein Baby in den Armen wiegen können. Es wird im August oder im September geboren werden."

Monika und Armin blickten einander verwundert an. Sie fragten sich, warum es deshalb Streit gegeben habe?

Armin sah jetzt von einem zum andern. Schließlich fragte er seine Mutter „Mama, ist das wahr, dass wir ein Geschwisterchen kriegen? Wir haben nichts davon bemerkt."

„Ja, es stimmt. Es sollte eine Überraschung für euch werden."

Armin nickte. „Ja, das ist es geworden, eine Überraschung. Aber was hat das mit eurem Streit zu tun?"

Jakob tat einen tiefen Atemzug, ehe er zu verstehen gab: „Kinder, lasst uns dieses Geheimnis. Der Streit ist ja behoben. Warum sollten wir noch darüber reden?"

Ella lächelte. Sie wusste ja Bescheid. „Nun packt eure Geschenke aus, Kinder. Das Christkind hat euch was mitgebracht", bemerkte sie.

Monika schüttelte den Kopf. „Wollt ihr mir das auch weismachen, dass es das Christkind war? Das bringt keine Geschenke. Das lag damals in der Krippe in einem Stall und wurde beschenkt. Die Geschenke sind von euch. Danke dafür", meinte sie. Armin fügte leise hinzu: „Auch ich bedanke mich." „Und ich mich auch für alles, was ihr uns getan und geschenkt habt", erklärte Emmi leise. Die Mutter Jakobs schlug ein Buch auf, um den Text eines wunderschönen Weihnachtsliedes herauszulesen. Sie begann zu singen: *„Ihr Kinderlein kommet, oh kommet doch all, zur Krippe her kommet in Betlehems Stall…."* Alle sangen mit.

Emmi zündete rasch die Kerzen an. Darauf hatte sie vollkommen vergessen. Jetzt erst konnte man den Christbaum in seiner ganzen Pracht erleben.

„Oh, ist der schön", bemerkte Jakob und lächelte Emmi etwas zaghaft an.

„Ja, er ist einmalig schön", fand auch seine Mutter.

„Ist jetzt alles wieder gut?", wollte Jakob wissen. Emmi nickte und hauchte: „Alles ist gut, Jakob. Nun können wir Weihnachten feiern."

Jakob umarmte Emmi und flüsterte: „Ich freue mich so darüber, dass wir wieder zusammengehören, Liebling."

Monika piepste ihrem Bruder etwas ins Ohr. Niemand außer ihm durfte es hören: „Das ist die schönste Weihnacht meines Lebens", flüsterte sie.

Gleich darauf hörte sie Armin wispern: „Und meine auch."

E n d e

Zeitfracht Medien GmbH
Ferdinand-Jühlke-Straße 7
99095 Erfurt, Deutschland
produktsicherheit@kolibri360.de